意林 心励志

我也可以不拖延

《意林》图书部　编

山东人民出版社 · 济南
国家一级出版社 全国百佳图书出版单位

图书在版编目（CIP）数据

我也可以不拖延 /《意林》图书部编. -- 济南：山东人民出版社，2025.4.--（意林心励志）. -- ISBN 978-7-209-15669-1

Ⅰ. I14

中国国家版本馆CIP数据核字第2025HT2530号

我也可以不拖延

WO YE KEYI BU TUOYAN

《意林》图书部　编

主管单位　山东出版传媒股份有限公司
出版发行　山东人民出版社
出 版 人　胡长青
社　　址　济南市市中区舜耕路517号
邮　　编　250003
电　　话　总编室（0531）82098914
　　　　　市场部（0531）82098027
网　　址　http://www.sd-book.com.cn
印　　装　北京瑞禾彩色印刷有限公司
经　　销　新华书店

规　　格　16开（185mm×260mm）
印　　张　8
字　　数　160千字
版　　次　2025年4月第1版
印　　次　2025年4月第1次
ISBN　978-7-209-15669-1
定　　价　35.00元

如有印装质量问题，请与出版社总编室联系调换。

启　事

本书编选时参阅了部分报刊和著作，我们未能与部分作品的文字作者、漫画作者以及插画作者取得联系，在此深表歉意。请各位作者见到本书后及时与我们联系，以便按国家相关规定支付稿酬及赠送样书。为更加适合小读者阅读，本书对部分文章做了适当修改。

地址：北京市朝阳区南磨房路37号华腾北搪商务大厦1501室《意林》图书部（100022）
电话：18501931246

目录

CONTENTS

第一章

别吃了拖延症的亏

拖延最大的坏处
不是耽误正事
而是让你养成犹豫的性格

第二章

自律难道还需要天赋吗

比截止日期更要命的
是很多事情不会有人催你

第三章

成长是一次次的“爆改”

努力提升自己
永远比仰望别人有意义

第四章

上进的人做对了什么

我们无法改变环境

但是可以改变自己

第一章

别吃了拖延症的亏

拖延最大的坏处

不是耽误正事

而是让你养成犹豫的性格

早上起床时，闹铃响了一遍又一遍。

上学快迟到了，还是不慌不忙。

作业总是拖到假期最后才写。

吃饭慢吞吞，吃到一半就发呆。

为什么假期总是“烂尾”？

为什么迟到的总是我？

总是玩一会儿再做作业。

凡事都靠催，从不主动去做。

……

画重点

别让拖延症毁掉你。

不管什么事，决定了就立刻去做，

你就能超越90%的人。

最短的距离不是直线，而是犹豫；
最长的征程不是远方，而是退缩。

当机立断的意义

□张建云

有个小孩在大树下玩，一个鸟窝正巧掉在他头上，一场虚惊后，他发现鸟窝里有一只嗷嗷待哺的小鸟。小孩看小鸟可怜，打算把它带回家养，可走到家门口时突然想起，妈妈不许在家养宠物。这可咋办?

他犹豫再三，觉得应该先问一下妈妈。于是，他把小鸟和鸟窝放在门口，自己进屋去问妈妈。经过一番苦苦哀求，妈妈破例答应了他。当他兴高采烈地跑到门口准备把小鸟带回屋里的时候，却发现鸟窝里的小鸟不见了，不远处一只猫正意犹未尽地咀嚼着什么，嘴边可见几根羽毛。

是的，小鸟被猫吃掉了。从那刻起，这个小孩明白了一个道理：凡事应当机立断，不能优柔寡断。

这个小孩叫王安，长大后成为科学家、发明家和企业家。后来有人把这件事总结成“王安论断”。

或许有人不认同，说私自做主会惹妈妈生气。此刻我们应该告诉孩子：保护一条生命是人之大义，可以一边做一边试图说服妈妈。礼的根本是为了和谐、和气与和美，如果只为了礼而礼，不去考虑结果，这种礼不要也罢。

譬如司马光砸缸，这件事不必找妈妈商量，也不用计算这口缸值多少钱，应先救人!

很多年前，我的办公室斜对门一间屋子有烟冒出，人们纷纷出来说赶紧给这家主人打电话，拿来钥匙开门看个究竟。我则没有迟缓，几脚把门踹开，果然屋子里因为电暖器故障失火了。幸亏我及时决断，才避免火灾扩大。

想到就去做，友情、工作、学习，概莫能外。不咸不淡的情感、不温不火的工作、不大不小的荣誉、不高不低的职位，都是拖住我们手脚的绳索。或者努力突破有所建树，或者迅速抛开另觅他路，必须选择。不然，你会在这种陀螺般的忙碌、白开水一样的收获当中老去。

不要有拖延症，如果有，请自我治疗。

防拖延手环

□蒋双超

1

刚戴上手环，钱小乐的脑海中就出现了一个声音。这个声音不停地念叨着：“赶快去做作业，马上就到八点半了，十点钟就要睡觉。如果再不做作业，就无法按时睡觉，睡眠不够的话，明天上课就会打瞌睡……”

没错，这是事先设置好的程序，只要将目标事件输入进去，手环就会不断往大脑中传送相应信息。起初，钱小乐没把它当一回事儿，在做了几道数学题之后，像往常一样漫不经心地翻开漫画书看了起来。

只是，脑海中一直有个声音在念叨，可真烦啊！这让钱小乐想到了妈妈的唠叨。每当钱小乐做事拖拉时，妈妈就会这样碎碎念。而阻止她如影随形的唠叨最有效的办法，就是赶紧去把该做的事情做完。

算了，反正这样也没办法安心看漫画，那还不如先把作业做完再说。翻开作业本，钱小乐刚一落笔却发现笔芯快没墨水了。他在抽屉里一阵翻找，在找到笔芯的同时，又看到了之前丢失的一个U盘。

按照往常的习惯，钱小乐下一步肯定是要打开电脑看看U盘里到底有啥。可这个念头刚冒出来，脑海中那个声音突然加大了：“已经九点钟了，作业完成进度还远远不够，必须放下所有不相关的事情，以完成作业为第一任务。”

异常清晰的声音好像一根绳索，拉扯着钱小乐到书桌前坐下。奇怪的是，当他开始做作业后，声音就迅速消失了。可当他抬起头左顾右盼时，声音再次响起，堵住耳朵都没用，因为声音是直接在脑海中响起的，无论如何都避不开。

没办法，为了躲避这个“魔音”，钱小乐只能专心致志地写作业。时间一分一秒地过去，等他做完最后一道题时，脑海中“叮”的一声响：“恭喜你按时完成任务，下面是奖励时间。”

什么？居然还有奖励？钱小乐一听就来劲儿了，会是什么样的奖励呢？正当他满心期待时，脑海中似乎接收到了什么，只觉得一阵轻松愉悦，刚才做题时的疲惫一扫而光。这感觉就像在炎炎夏日跑完一千米之后，在树荫底下喝上一口冰凉的西瓜汁似的，可真是太美妙了！

爸爸不知何时进了房间，看到钱小乐一脸享受的神情，便对他说：“这是我们为了更好地激发使用者的积极性，特地研发的奖励机制。每当佩戴者在规定时间内完成任务，就可以得到一次电波放松。这种电波刺激大脑皮层，相当于给大脑做了按摩，可以消除佩戴者的紧张和压力，让其达到身心舒缓的状态。”

2

第二天上课前，同桌李斌靠过来，挑了挑眉，问钱小乐：“好奇怪，今天你怎么没有赶作业呢？平时你不都是到最后一刻才把作业做完吗？”

钱小乐一听笑了，得意地扬起下巴：“放心，以后我再也不会拖拉了，我的拖延症有救了。”

“我才不信，你要是能改掉这个坏毛病，那太阳非从西边出来不可。”李斌撇撇嘴，脸上写满不相信，“要是你能连续两周做到按时交作业，我就请你吃一顿肯德基。”哼，你就等着请客吧！钱小乐暗想。

接下来的两个星期，钱小乐果真每天都按时上交作业，交完作业还挑衅地看着李斌，气得李斌直生闷气。可即便生气，他也无法否认，钱小乐确实把拖延症改掉了。不仅老师布置的作业按时完成，就连以前经常出现的迟到现象也绝迹了。

李斌只好垂头丧气地认输。他耷拉着脑袋问钱小乐：“快说，你到底用什么办法改掉的拖延症？我才不信你有这么厉害，肯定是你爸又给了你什么好东西吧？”

真不愧是钱小乐的好同桌，一下子就猜到了问题的关键。

钱小乐笑嘻嘻地把手臂伸到李斌面前，亮出自己的手环：“喏，你看，这就是我的‘秘密武器’。”

世界上最大的借口是“我有拖延症”。

迟到大王

□刘 墉

小时候，我常听大人说“早起三光，晚起三慌”，又总是听他们在早早准备，到头来还是赶不及的时候说“起个大早，赶个晚集”！

我当时就不解地问：“既然说早起的人，可以在天空同时看见旭光、月光和星光，好像非常从容，那又怎么会‘起个大早，赶个晚集’呢？”

他们的回答很简单：“因为拖！”

“拖”就是这么妙，拖时间的人，不一定是没有时间，反而可能有充裕的时间；拖欠债款的人，常在手头有钱时拖着不还，直到没有钱；拖延不给朋友回信的人，也可能总是把信放在案头，天天都想回，却一拖就是几个月。

你会发现，爱迟到的人，似乎总是迟到。远程的约会，他会迟到；在他家旁边见面，他还是可能会迟到；连你早早到他家，坐在客厅里等，只见他东摸摸、西碰碰，到头来，仍然无法准时出发。这原因是什么呢？难道是心理有问题吗？

我想不是他们的心理真有问题，可能是心里总想着：“不急嘛！时间还多！”“不急嘛！还有一些时间！”“不急嘛！大概正好可以赶上！”“不急嘛！如果运气好，还不会迟太多！”“不急嘛！别的人也不可能准时！”

到最后则是："不急嘛！反正已经迟到了！"

问题是，他这一拖不仅浪费了别人的时间，还失去了宝贵的光阴和成功的机会。

跟我学习画画的学生，常对我说："老师！我的墨总是磨不黑，怎么办？"

我的答案很简单："多磨一会儿！"

可不是吗？如果他的墨不是本来就做成灰颜色的，而是真正的黑墨，当然不可能磨不黑，所以磨不黑并非墨的问题，而在于他自己。

同样地，如果你问我："我就是爱拖延，怎么办？"

我的答案则是："不要拖延！立刻行动！"

当你把心里面那些"不急嘛""不急在今天""时间还多"的意念完全抛开，而告诉自己"立刻行动"时，你拖延的毛病就会霍然而愈了！

由于你不论多早起床，却总是弄得迟迟出门，并常在第一堂课迟到，使我不得不说这一大番话给你听。"起个大早，赶个晚集"的人，要比那忘了设闹钟而起晚迟到的人，更糟糕。如同"有钱却拖着不还债"，要比没钱还来得可耻。

记住！你绝对不能有拖的毛病，因为我们的人生是拖不得的！太阳不拖，月亮不拖，星星不拖，春夏秋冬四季，万物消长，都不拖。

行动力指南

完美主义不完美

追求完美本身并非坏事，它代表着积极向上的态度和对高品质的不懈追求。然而，当这种追求过度时，就容易导致拖延。

完美主义分两种：一种是行动上力求完美，这是一个不错的品质；另一种是思想上要求完美，不断内耗，心中上演各种戏码，担心做得不够好，于是迟迟不展开行动。拖延症就属于此类。

那有什么方法可以破解？

1.先"完成"，再"完美"。你需要摒弃对"完美"的执着。一个下周开始的完美计划，不如一个即刻开始的良好计划。

2.不管怎样，先开始！你会发现一直逃避的任务完成起来也没多困难。

3.多鼓励自己，也可以给自己设置一些完成任务后的小奖励。

4.驳回给自己找的借口，然后开始吧！

请把时间当成一种奢侈品，
每分每秒，都要用心花费。

秒先生

□龙向梅

谁也不知道时间家族是什么时候诞生的，他们无声无息地穿梭在每一个早晨、黄昏、夜晚。

在时间家族中，秒先生最不引人注目，他转瞬即逝，人们常常忽略他的存在。没办法，他实在太小了。不过，在田径比赛时，人们分秒必争，就会发现“秒”的重要。因此，秒先生经常跑到赛场上去，在那里感受人们的掌声和欢呼声。他还经常跑到红绿灯上，他喜欢人们仰望他，一秒一秒等着他的样子。不过，绿灯亮后，人们又匆匆奔赴下一站，再也不会记起他。

如何才能引起人们的重视呢？秒先生跑到了城楼的高塔上。当新年的钟声敲响时，秒先生终于又被人们注意到了。人们虔诚地聆听秒先生的脚步声，并一起大声数出最后的秒数“10、9、8、7……”，以此来迎接新的一年。但当新的一年到来后，人们又不再关注秒先生了。

秒先生无论如何努力，人们都很少在意他，更不会为一秒的流逝而感到不安。一个男孩从秒先生身边跑过，朝他嚷道：“你太小啦，谁也不会在意你！”

秒先生很难过，警告他说：“可是，你的一生大概是由25 亿秒组成的！”男孩嘻嘻哈哈地跑开，还回头朝他做了一个鬼脸。

秒先生叹了一口气，既然大家都不在乎他，那就干脆到无人的地方去吧。他离开了喧嚣的城市，来到一个山洞。白色的钟乳石一根根倒挂，石壁上的水一滴滴落下。他静静地看着那些水珠——它们从诞生到降落正好是一秒钟的时间。他从一滴水珠跑向另一滴水珠，一秒的时间水珠便走完一生的路程。秒先生就在石洞里一直待着，迎接一滴一滴水珠，又送走一滴一滴水珠。

有一天，秒先生惊讶地发现，石壁上长出了一根新的钟乳石，而地上的一块石头被水珠击穿了。啊！这一秒一秒，可以水滴成石，也可以水滴石穿啊。

秒先生无限感慨，走出了山洞。阳光重新照在他身上，他感受到了温暖，也感受到自己隐藏的力量。他不再刻意追求人们的关注，也不再刻意展示自己，而是静静地前行。

那个曾经跑过秒先生身边、无视秒先生存在的男孩，已经变成了一个老翁。他经历了人生的苦乐，匆匆走过了一生。现在，他躺在病床上，留给他的时间不多了。他拉住了秒先生的手，悲伤地说：“原来你一直在这里，我却忽视了你。你说得没错，人生是以秒计算的，而我却用了‘年’。我忽略了太多的细节和过程，浪费了太多的时间，我的人生过得太快、太草率了啊！请再多给我一些‘秒’吧！”

秒先生虽然很难过，但他无法为任何人停留，他继续嘀嗒着，声音那么细。他想起了他守护过的那些小水珠，一滴一滴，每一滴都是一生，都那么明亮。

行动力指南

古人12时辰=今人24小时

钟表从西方传入中国后，最初人们把一个时辰称为“大时”，新的一小时称为“小时”。

【子时】夜半，又名子夜、中夜，十二时辰的第一个时辰（23时至次日1时）。

【丑时】鸡鸣，又名荒鸡（1时至3时）。

【寅时】平旦，又称黎明、早晨、日旦等，指夜与日的交替之际（3时至5时）。

【卯时】日出，又名日始、破晓、旭日等，指太阳冉冉初升的时间（5时至7时）。

【辰时】食时，又名早食等，指吃早饭时间（7时至9时）。

【巳时】隅中，临近中午的时候（9 时至11时）。

【午时】日中，又名日正、中午等（11时至13时）。

【未时】日昳，又名日跌、日央等，太阳偏西为日跌（13时至15时）。

【申时】晡时，又名日晡、夕食等，吃晚饭的时间（15时至17时）。

【酉时】日入，又名日落、日沉、傍晚，太阳落山的时候（17时至19时）。

【戌时】黄昏，又名日夕、日暮、日晚等，天地昏黄，万物朦胧（19时至21时）。

【亥时】人定，又名定昏，夜色已深，人们安歇睡觉了（21时至23时）。

三延四拖，你就是时间的小偷。

战胜磨蹭和拖延，做时间管理的小达人

□薛映丰

上学时，你的生活是这样的吗？早上在闹钟声中起床，刷牙洗脸，然后两三口吃完早餐，匆匆赶到车站，好不容易等来了公共汽车。上车后听乘客闲聊，不知不觉已抵达学校。接着上早自习、上课，下课间隙还要跑操，找同学玩耍，喝水，去厕所。中午吃完饭后午休，下午继续上课。好不容易挨到放学，回家吃过饭，继续写作业，作业还没写完，睡觉时间就到了……忙碌的一天就这么过去了，却发现还有好多事没做完，感觉特别焦虑。

那么，对于学生来说，该如何管理好有限的时间，更合理地安排学习和日常生活，缓解焦虑情绪呢？

重要事情先做

可以根据个人实际情况对任务进行划分，用计划“超越”时间。首先考虑做好重要紧急的事情，其次做好重要不紧急的事情，再次安排好紧急的事情，最后考虑不重要不紧急的事情，放弃重复、价值不大的事情。总之，学生要有时间管理的意识，懂得珍惜时间、统筹时间。走在时间的前面，有利于大家从容不迫、高质量地完成学习目标。

捡拾时间碎片

达尔文说：“我从来不认为半小时是微不足道的一段时间。”大段时间固然应该珍惜，零星时间也不能浪费，可以给自己安排“小任务”，如背诵、记忆单词、默写公式等。车站候车的三五分钟、等餐的十分钟……如果珍惜这些零碎的时间，将其合理安排到自己的学习中，积少成多，挤出的时间就会成为一个惊人的数字，极大地缓解学习压力。

省时有技巧

时间就像沙漏中的细沙，无声无息地流逝。学会一些省时小技巧，可以科学、合理地利用时间，提高学习效率，避免焦虑。

1.生活中，应当养成同类别的资料集中放置、物归原位的习惯，以减少每次找东西花费的时间。

2.不要固执于一次只做一件事情，把可以同时完成的事情一起来做。如早上起来可以一边刷牙洗脸一边听新闻听英语，这样，一段时间就派上了两段时间的用场。

3.访友时，先通过电话联系好，免得空跑一趟浪费时间。

4.通过与他人合作来完成任务。比如两个人在合作完成一篇论文时，可以根据打字的速度、搜集资料和整合资料的能力等因素来合理分配任务。

5.要学会根据自己的时间和精力情况，合理地拒绝一些社交活动或他人的请求，以免影响自己的学习和生活计划。

停止内耗，别让胡思乱想拖垮你的人生。

辛勤的蜜蜂，永远没有时间悲哀

□韦秀英

布莱克在《嘉言选》中说：“辛勤的蜜蜂，永远没有时间悲哀。”这句生动而形象的比喻告诉我们，一个辛勤劳作、勇于耕耘的人，把自己的整个身心都投入到了自己的事业上，根本没有时间患得患失。

美国教育家卡耐基说：“要忙碌，要保持忙碌，它是世界上最便宜的药，也是最美好的药。”忙碌能让人精神焕发，魅力无穷；忙碌能让人潇洒自信，思维活跃；忙碌能让人爱别人，也能让别人爱你；忙碌能给别人带来愉快，也能给自己带来快乐。

美国一位名叫雷莉丝的儿科医生，91岁高龄的她开了一家诊所，每天忙碌着。经她治愈的儿童不计其数，更令人惊奇的是，到100岁时，她仍然在自己的岗位上忙碌着。雷莉丝为什么要放弃安逸的退休生活而选择忙碌呢？或许我们可以从她的话中找到最佳的答案。她说：“只要有工作，我就感到其乐无穷，没有时间长吁短叹。”工作是她的幸福所在，也是她长寿的根源。

曾经看到这样一句话：“你闲着的时候，不要庆幸，因为你是一个没用的人；你忙碌的时候，不要抱怨，因为你是一个有用的人。”我们常常抱怨，属于自己的时间太少了，实在是太忙了。其实，我们应该庆幸，因为我们拥有一份忙碌且充实的工作。

忙碌让我们不得不合理安排时间，不得不珍惜每一分钟，不得不在有限的时间里做尽可能多的事，不得不用最短的时间将手中的事情做得更好。于是，我们的生活便多了一点惊喜，多了一些收获，人生也会在忙碌中变得丰富、完美起来。

人类身上总是有一些禀赋，是AI取代不了的。

有哪些技能是AI无法替代的

□Reddit

随着时代的发展，许多传统岗位正在逐渐被机器替代。机器虽然让我们的生活更加便捷了，但也让许多人萌生了危机感，担心自己被时代抛弃。近日，有些网友分享了一些在未来世界依然有用的技能，一起来看看吧。

“我们需要有人去检查机器或人工智能给出的答案是否真实可信。”

“我现在的工作与特殊儿童有关。我不认为我的工作很快会被人工智能取代。”

“所有与残疾人和精神障碍者打交道的工作永远不会被人工智能取代。因为每个人都不同，需求也不同，而这些往往只有人类才能理解。”

“我认为编程、分析数据和处理大量信息的能力将变得越来越重要。此外，快速适应新技术和工作变化的能力也十分重要。”

“能够根据数据找到发展趋势或有价值的信息，很可能变成每个人的必备能力。这种技能不仅能让你找到变量之间的相关性，也能让你意识到何时需要深入挖掘数据，或者何时需要舍弃数据。”

“精细运动技能。我们都认为大脑是最难模仿的器官，但其实最难以复刻的是手，完美模仿手的功能很难实现。”

“未来很重要的一个能力是：在没有科技的环境里活下去。我们需要会种菜、觅食、做饭、狩猎、捕鱼、加工肉类的人。我们需要那些能够在两个世界中生存的人。有多少人真正了解如何使用指南针或地图来导航？要知道，在手机上看东西和在地图上看东西是完全不同的。”

“随着互动技术的发展，我猜测未来对社会学专家的需求将会增加。一般来说，人们更喜欢与人交谈，而不是与机器交谈，因为人类更能理解对方的语气和情感，从而判断其意图。所以未来可能会需要社会行为和互动方面的专家，以使虚拟人物变得更像人，而不是机器。”

“无论怎样，做一个好人都是最重要的。心怀不轨的人利用技术很容易被技术反噬。”

守时不仅是一种礼貌，更是一种承诺。

迟到的严肃性

□陶　琦

前几年社交媒体上有一篇帖文，当事人称，她和小孩早上起来晚了，发现迟到已不可避免，反而淡定下来，不慌不忙地洗漱完毕，又干脆向单位和学校请了一天假，母女俩到公园里美美地玩了一天。围观众人都纷纷喊“好”，表示以后遇到类似情况，也要按照此模式施行。相比那些喜欢“鸡娃”的“虎妈”，这位网友走的显然是另一个极端，不明白忽视对一些规则秩序的尊重，会给自己和小孩带来怎样深远的影响。

大部分从小就接受社会规训的人，会把守时视为一种责任，如果不慎迟到，会产生一种内疚感。我幼年时，偶尔有一两次睡过头，上学迟到，都是一路哭着去学校的，觉得犯下了无法容忍的错误，无法面对全班同学和老师的集体注视。老师也会有意培养学生的守时意识，让迟到的人在教室门口站几分钟，形成责任认知，促其以本次迟到为鉴，以后更为合理地规划时间，避免再次迟到。

因迟到而产生的内疚心理，是一种很有必要的敬畏意识，也是投入自律和形成良性循环的基础。如果心存懈怠，从此就会在想法上出现一条裂缝，并渐渐扩大，最后过渡到具体行为上——轻藐放任、不拘礼法的生活态度将不利于个人的成功，也难以获得他人的尊重。

历史上有过几个因轻视迟到而断送前途的惨痛例子。诗人孟浩然在唐朝初期名

气很大，却一生困顿，从来没受过重用。《新唐书·孟浩然传》载，采访使韩朝宗惜其才，想把孟浩然推举给朝中众公卿，两人约好一起动身前往京师。到了约定时间，韩朝宗左等右等，却不见孟浩然的身影，以为他出了什么意外，派人去找，却看到孟浩然正在跟人喝酒。来人好心提醒孟浩然："你与韩朝宗有约，怎么还在这里喝酒？"孟浩然叱道："业已饮，遑恤他！"对自己迟到爽约不以为意。韩朝宗闻报大怒，于是不再管他，独自走了。

事情传开，朝野上下都知道了孟浩然是个怎样的人，对他能守规则做正事的能力，自然也看轻了。所以，唐玄宗后来在读到孟浩然的干谒诗——"不才明主弃，多病故人疏"时怫然不悦，并斥责说："明明是你自己不想出仕，为何却反过来说我嫌弃你？"那一次有名的迟到，直接断送了孟浩然的仕进之路。

美国著名诗人、小说家爱伦·坡一生潦倒，也与一次迟到有关。爱伦·坡曾找朋友托马斯帮忙，想在政府机构找份工作。托马斯很赏识爱伦·坡的诗才，眼见他生活如此拮据，非常同情他，便利用自己的人脉关系找到总统扎卡里·泰勒的儿子小泰勒，让其推荐爱伦·坡到薪水优厚的费城海关工作。小泰勒答应帮忙，到了约定时间，众人左等右等却不见爱伦·坡前来，自感被戏耍的小泰勒很恼怒地走了。原来爱伦·坡喝醉后忘记了这件事，醒来已经迟了，即使过后向小泰勒道了歉，也无济于事。爱伦·坡被认为是不自律的人，毫无信誉，不值得帮忙。失去贵人相助的爱伦·坡，没多久即因贫困而死。

虽然以现代人的眼光看，爱伦·坡于窘迫处境下，创作出对后世影响极大的诗歌、小说，有着巨大的文学魅力，但我认为他的成就是减半了，他原本可以获得更大的成功，可是因为不自律，成就被无形损耗。因为社会关系是公平的，一个人若不拿迟到当回事儿，对他人不具备基本的尊重，那么别人也不会认真对待他。

拖延症是病，却救了唐僧的命！

《西游记》里的妖怪们是否都有拖延症

□哈拉雷

看过《西游记》的人，心里可能都会产生一个疑问：妖怪们费了九牛二虎之力才抓到唐僧，按理说得抓紧时间吃啊。可他们倒好，不是把唐僧捆起来吊着，就是要跟唐僧“成亲”，最后“竹篮打水一场空”，甚至还搭上了性命。这让我们不禁怀疑，妖怪们是不是都有“拖延症”啊？

我们来看看妖怪们抓到唐僧以后都干了些什么“傻事儿”。

第一个“上场”的是红孩儿，他抓到唐僧以后，将唐僧“选剥了衣服，四马攒蹄，捆在后院里，着小妖打干净水刷洗”。

对，先不吃，洗干净晾着！

这还不算，他派出六个小妖怪，不远千里去请他老爸牛魔王来一起吃唐僧肉。由孙悟空假扮的“牛魔王”到了以后，红孩儿喊道：“各路头目，摆队伍，开旗鼓，迎接老大王爷爷。”“满洞群妖，遵依旨令，齐齐整整，摆将出去。”

和红孩儿一样，蜘蛛精们把唐僧骗到盘丝洞后，也把唐僧绑了起来。只是她们绑人的手法有些特别，叫“仙人指路”：“一只手向前，牵丝吊起，一只手拦腰捆住，将绳吊起；两只脚向后一条绳吊起；三条绳把长老吊在梁上，却是脊背朝上，肚皮朝下。”

然后呢？她们竟然撇下唐僧不吃，洗澡去了……“我们洗了澡，来蒸那胖和尚吃去。”

白鼠精就更离谱了，她硬是要和唐僧结婚，不仅提前布置好了场地，还“贴心”地为唐僧安排了一份“全素大席”——“我知你不吃荤，因洞中水不干净，特命山头上取的净水，做些素果素菜筵席”。

你瞧瞧，这哪是一个妖怪该干的事！

大鹏精和前面那几位都不一样，他是一个“重度强迫症患者”，要等天气最合适的时候把唐僧吃掉。“此物比不得那愚夫俗子，拿了可以当饭。此是上邦稀奇之物，必须待天阴闲暇之时。”而且大鹏精对“气氛”的要求很高，必须“猜枚行令，细吹细打的吃方可”。为此他不准手下的小妖怪们大喊大叫，生怕吓着唐僧：“大王原有令在前，不许吓了唐僧。唐僧禁不得恐吓，一吓就肉酸不中吃了。”

作为一个“精致”的吃货，南山大王豹子精手下的小妖怪们为研究唐僧肉的吃法还专门来了一次“头脑风暴”。有个小妖怪说：“把唐僧拿出来，把些大料煎了，香喷喷的大家吃一块儿，也得个延年长寿。”另一个小妖拍着手说：“莫说！莫说！还是蒸了吃得有味！”还有的小妖怪觉得这些吃法都太“奢侈”，过日子嘛，得细水长流：“他本是个稀奇之物，还着些盐儿腌腌，吃得长久。”

不就是吃肉嘛，这可倒好，活生生折腾出这么多事来。不过，还真不能怪妖怪们“多事”，他们倒是想早点吃，但也知道唐僧不好惹。比如南山大王豹子精抓到唐僧以后，就迫不及待地想上锅把唐僧蒸了吃，可他手底下的小妖怪说：“大王吃了他不打紧，猪八戒也做得人情，沙和尚也做得人情，但恐孙行者那主子刮毒。他若晓得是我们吃了，他也不来和我们厮打，他只把那金箍棒往山腰里一搠（shuò），搠个窟窿，连山都掬倒了，我们安身之处也无之矣！”

除了害怕孙悟空打上门来，更重要的是唐僧真的太特别了。唐僧被人称为“佛子”——“他本是金蝉子化身，十世修行的原体。有人吃他一块肉，长寿长生”。数年前红孩儿曾听人讲：“东土唐僧往西天取经，乃是金蝉长老转生，十世修行的好人。有人吃他一块肉，延生长寿，与天地同休。”他天天等，夜夜盼，为的就是能吃上一口唐僧肉。

《西游记》里一共有三大长生“食材”，分别是蟠桃、人参果和唐僧肉。天界的蟠桃和人参果是仙家重宝，一般人根本吃不到，而且“药效”还不好。比如只有九千年一熟的蟠桃才能让人与天地同寿，六千年一熟的蟠桃只能使人成仙。人参果比蟠桃要强一些，吃一颗可以增加四万多年的寿命。而唐僧肉呢？可以直接让妖怪们实现与天地同寿的愿望。

“‘今日虽不归人王法律，不惧禽兽威服，将来年老血衰，暗中有阎王老子管着，一旦身亡，可不枉生世界之中，不得久注天人之内？’众猴闻此言，一个个掩面悲啼，俱以无常为虑。”你看，就连天不怕地不怕的孙悟空都要为生死之事发愁，那些妖怪就更不能看淡生死了。现在机会来了，你说妖怪们能不“折腾”吗？

早几分钟和晚几分钟，区别真的很大。

凡事提前五分钟

□李思圆

01

昨天早晨我在家有点事，比平时晚了五分钟出门。刚走到地铁口，我就发现已经是人山人海。人实在太多了，我等到第二班车来时，才被后面的人推搡着挤了上去。

在车里的那半小时，不仅站不稳，容易东倒西歪，而且因为人都挤在一起，被踩脚被撞，甚至还会被无理取闹的人嘟囔几句。

但在往常，早五分钟出门，情况就大不一样了。我可以从容地在线外等候，不用因被人强行插队而感到心里不舒服。我可以上车找个空座坐下来，不慌不忙地拿出书包里的书，进入阅读状态。实在觉得疲倦了，还可以闭目养神，靠在挡板边小憩一会儿。

不得不说，早几分钟和晚几分钟，区别真的很大。

“凡事预则立，不预则废。”生活中，无论做任何事，早些做准备，不仅可以减少许多烦恼和麻烦，还可以更合理有效地利用时间。

总有很多人一边抱怨上班高峰期太挤，一边又不肯早几分钟出发，总把时间抠到最后一秒才动身。于是恶性循环，越来越感到疲惫和心累。

02

有个做人力资源工作的朋友跟我说，通常在一个公司，早到几分钟的员工总比迟到几分钟的员工更优秀。刚开始，我不太认同这个观点，毕竟一个人的能力和水平不在于这几分钟的表现。但他的解释又让我觉得确实有几分道理：

早到几分钟的员工，可以提前梳理当天的安排和任务，做到心中有数有条理。也可以泡好一杯茶，清理一下办公桌，提前进入紧张有序的工作状态。

而晚到几分钟的员工，总处于手忙脚乱中。他们做事情往往缺乏主动性，总是被催赶着走。这样不仅工作效率低，而且匆忙应付，出错的概率也更大。

在职场上，你的工作态度其实也是工作能力的体现。前者对待工作往往更加积极主动，后者却常有拖延懈怠的情绪。一个人能力欠佳，还可以通过良好的工作态度去弥补。但实力再强，懒散也会让人荒废。

有句话说，机会总是留给有准备的人。那些看似比你优秀的人，可能并没有多厉害，不过是赢在了微小的细节处。比如，凡事比你早一步，日积月累，也就成了你无法企及的高手。

03

凡事提前五分钟，本质上是一种未雨绸缪、居安思危的处事方式。

当你觉得赶车很挤，害怕上班打卡会迟到，你是否有想过早几分钟出门，可能就能避开让人压抑的车流高峰期？

当你总担心无法及时完成既定的或突发的工作任务，你是否有想过把事情往前赶一点，就不必为此惴惴不安？

当你害怕耽误想要见的人、想要谈的事，你是否有想过提前做准备，多留一些余地就可以避免许多不必要的麻烦？

有人说，零星的时间，如果能敏捷地加以利用，可成为完整的时间。这就是所谓的“积土成山”。

凡事提前五分钟，是一种习惯，能让我们凡事都做好准备，不至于太慌乱；它也是一种心态，能让我们在遇到事情时从容地应对；它更是一种态度，能让别人看到你的用心、真诚，体现出你对人的尊重、对事的重视。

如果想要优化生活秩序，更好地把握机会，不妨凡事提前五分钟。

会成为什么样的人，全看重复做什么样的事。

重复做对的事

□左星星

有种成事的方式叫，你想干什么，就去干什么。

乍一听，好多人可能觉得有点奇怪。什么叫我想干什么就去干什么？这是在告诉我们要追求自由？要无拘无束？都不是。这句话说的是，假如你想干成一件事，但没法通过任何其他的路径达成它，那只能去做这件事本身。

这背后其实是蕴含统计学原理的，那就是“大数定律”和“均值回归”。

大数定律，是指在重复实验中，随着次数的增加，事件发生的频率会趋于一个稳定值。比如抛硬币，如果我们抛的次数足够多，硬币正反面朝上的次数各占总次数的1/2。均值回归，是指一个被高估的市场总会回落，一个被低估的市场总会反弹。不管是高估值还是低估值，最终都会向价值中枢回归。

大数定律需要足够多的随机事件的重复。想要看到均值回归，有时候需要很长时间的等待。但是很多人和事都没法做到重复足够多次，或者坚持足够长的时间。

所以，你想干什么，就去干什么。重复做对的事。只有这样，普通人的努力，才能在长期主义的复利下叠加成奇迹。

他们的精神，比金牌更耀眼。

运动员精神

□王鼎钧

某君练习跳高，跳了几次，都觉得非常吃力，于是就把横杆降低10厘米再跳。这样，过杆容易了，他觉得轻松愉快，心满意足。

但这个人并不具备运动员精神。就运动员的观点看，有了跳100厘米高的能力，就要准备跳105厘米，然后准备跳110厘米。鞭策自己，永远准备跳得更高，这才是运动员精神。

立即行动，高效执行不拖延。

能再快些吗

□徐立新

假期我带儿子回老家。当看到屋前碧绿的河水时，儿子脱口而出："爸爸，我要钓鱼！"

我说："可以，但这里没有成套的渔具。"

儿子说："我们在网上买一套吧，越快越好。"

我打开手机，发现不少网店节假日不送货，最快的一家，也得三天后才能送达。

儿子有些心急，说："爸爸，还有更快的方式吗？我等不及了。"

我说："有呀，就是你自己去镇上的渔具店买。"儿子又问："那需要等多久？"我看了看手表，已经上午11点了，于是说："如果吃过午饭后去买，大约还需等2小时；如果明天一早去买，大约需等20小时；如果你现在就去，大约只需等半小时。"儿子说："那现在就去。"说完，他就让爷爷骑着电动车带他去买了。

半小时后，儿子坐到了河边，手中拿着钓鱼竿，目不转睛地盯着河面上的鱼漂。

要想实现心中的目标，没有任何人能比你自己更快。

一个人越懒，明天要做的事越多。

懒　惰

□［匈牙利］马洛伊·山多尔　舒荪乐/译

懒惰分为两种：横向的和纵向的。有的人，懒于对生活做长期打算和计划。他会拖延做决定的时间，懒得对生活做规划，把一切都往后推，推得远远的。这是一种横向懒惰。还有的人，在能想、能说、能行动的时候，他却犯懒了。明明能不费吹灰之力得到的东西，他却连手都懒得伸出，导致后来也许还要花很大代价才能获得。这是一种纵向懒惰。

纵向懒惰是最危险的，时光往往就在这种懒散的不理不睬中悄然流逝了。

"知道"不等于"理解"。

学习有四个层次

□罗振宇

有句话叫"学无止境"，到底是什么意思呢？是说知识很多学不完吗？

对，但是还有另外一个维度，就是每一个知识点的内在深度也是没有止境的。它至少分为四个层次：听过、知道、理解和能讲。

听过，是知识点从你的大脑当中淌过一遍；知道，是你能记住知识，它已经渗透进你的大脑；理解，是这个知识点和你大脑里的其他知识点形成了一个网络，你可以随时调用；而最高境界是能讲，就是能输出，你能把它讲给别人听，还能确保别人有收获，这就太难了。

关于这四个层次之间的难度差异，有人打过一个比喻：听过，就像你见过一辆汽车；知道，就像你会开车；理解，就像你会修车；而能讲呢，就像你会造车一样。这几个境界之间的差距大得难以想象。

所以，把读书和听课当成学习，这种理解也许是对学习这件事挺大的一个误解。

为人处世，需要判断力。

无用之用

□钟叔河

惠子对庄子道："你说的这些道理，我看都是无用的。"

"知道什么是无用，便能讨论什么是有用了。"庄子回答道，"像你和我站着这块大地，此刻对你和我来说，有用的只有脚底下这一小块。可是，如果把除了脚底这块以外的地都挖掉，我和你站脚的这一块还有用吗？"

"当然没有用了。"惠子说。

"那'无用'之用岂不十分明白了吗？"庄子说。

越是低调，不为所动的人，在外人看来越显得神秘。

原来河水这么浅

□佚　名

有只小水羚悠闲自在地浸在河水中，一头母狮正在岸边窥伺它。母狮不知河水的深浅，没有贸然行动。不久，小水羚满足地站起来，水面几乎够不到它的肚腹。母狮看到后才明白，原来河水这么浅。母狮蓄锐出击，一击得手，然后在水中的小浮岛上进食。

这时岸边来了一群狮子，它们垂涎欲滴地看着独自进食的母狮，却不敢轻举妄动——它们不知河水的深浅，不敢过去抢食。母狮得意地大快朵颐。一不小心，猎物掉进了水里，母狮下水叼起猎物。等它站起来时，群狮才明白，原来河水这么浅。于是，狮群一拥而上，将猎物抢而食之。

每个人都不想被对手击倒，都希望永远立于不败之地，可在无意中，便向所有的旁观者亮出了自己的底牌——原来河水这么浅。

其实，很多时候你露出的破绽，都是你亲自揭开的。

明天的计划再完美，也不如今天的全力以赴！

只相信行动

□方湘玲

徐霞客的足迹遍布了祖国的名山大川。

有一次，他去黄山考察，不料却遇到大雪封山。得知他要上山，当地人赶紧告诉他，山上有些地方的积雪有齐腰深，看不到登山的路，根本不可能上去。徐霞客没有被吓倒，决定试一试。登山的路途险象环生，徐霞客终于爬到了山顶。山上的僧人看到他后，吃惊地问道：“施主是怎么上山的？”徐霞客回答道：“我是一步一个脚印，慢慢爬上来的。”僧人更加疑惑地说道：“人们不是都说山上的积雪有腰深，根本无法行走吗？我们都因此被困在山上好几个月了！”徐霞客说道：“你们之所以被困住，是因为你们只愿意相信耳朵，而我更愿意用自己的行动来证明。”

你可以假装努力，但结局不会陪你演戏。

“假努力”更像一种拖延症

□李世佳

每个人或多或少都有过“假努力”的行为，这种现象背后是哪些心理在作怪呢？

象征性行为和“立人设”

社会心理学家欧文·戈夫曼曾提过，人们常常通过各种象征性行为来塑造和维持自己在他人眼中的形象。他将这些象征性行为区分为前台和后台，前台是指与他人面对面时所展示的形象，而后台是指幕后的准备和练习。

带课本回家，在桌上放满学习资料，努力营造拼命学习的氛围……也许你潜意识中认为自己需要展示出这种刻苦学习的前台行为，以获得同学或老师的认可——毕竟大家都在努力，哪怕是做个样子，咱也不能落后呀！

这类象征性行为是不是很像网上流行的所谓“立人设”？但很多刻意打造的人设都是虚假的，和真实情况相距甚远，这也就是戈夫曼所说的前台和后台严重不匹配——一旦后台浮出水面，前台就会崩塌。

当然，“假努力”不一定就是“立人设”，真正努力的人设也不是做做样子就能立起来的。你带着课本回家未必是要证明给谁看，更可能是为了处理潜意识中的两种动机矛盾，即想要玩耍的享乐动机和仍想利用假期查漏补缺的学习动机。

“假努力”更像一种拖延症

很多人以为“假努力”属于强迫症，这点需要澄清一下。强迫症（Obsessive Compulsive Disorder，简称OCD），是一种临床心理障碍，表现为患者反复出现的强迫性思维和行为。强迫性思维往往是指一些侵入性的、令人不安和恐惧的想法或画面，而强迫性行为则是为了减轻这些焦虑和不安而采取的重复行为。

例如，反复洗手是因为脑海中总是浮现感染重病的场景，反复检查门是否锁好是因为脑海中总出现坏人入室抢劫的画面。这些可怕的念头无法自行消失，人们只能借助一些不断重复的仪式性行为来转移注意力、缓解焦虑。

但是，“假努力”通常不是由“不这样做就会发生灾难”的侵入性想法引起的，而更多是出于“还是带上吧，万一有时间看看呢”的简单念头。如果非要给这种行为贴上一个标签，那么，“拖延症”可能更贴切——“假努力”的人有内在的学习动机，但在更强大的享乐动机面前，学习动机被一再拖延，到最后也没占上风。

拖延行为往往是为了逃避不喜欢的任务，或回避让人感到压力大的场景。如果假期学习并不是必须完成的任务，那它被无限期地拖延下去也实属正常。所以，如何让自己的学习动机发挥作用，不再拖延，这是一个非常重要的问题。

把“假努力”变成“真努力”

如果想让自己留给他人的印象是“努力”，那就不该只是做做样子。我这里有一些心理学技巧，可以帮助大家克服拖延症。

首先，改变看问题的角度。你并不是“假装自己在努力”，而是“尝试高效利用课余时间”。把学习资料带回家，把学习计划纳入假期生活，这是重要的准备工作，它并不是虚假的。你应该为自己感到高兴——不要因为只努力了1%而非100%，就否定全部的努力。否则当你下次想继续努力的时候，很可能只会感到沮丧和没信心。

其次，制订一个简单且易于执行的计划。不妨每天早上洗漱完之后，给自己定个闹钟，先完成当天的学习任务。结合自己的实际情况，学习时间可长可短，任务也应该以能够完成为宜。

最后，如果你发现自我监督的效果不好，不妨请家长或朋友来协助你执行学习计划。虽然我们并没有刻意“立人设”，但我们确实希望在重要的人面前展现最好的自己。反过来，有这些重要的人参与，我们会更渴望勤奋上进，也会更有动力完成计划。此外，如果我们在学习时遇到了瓶颈，也能更方便地向他们寻求帮助。

所有为学习焦虑的同学，请记住，努力是态度，是行动，更是对自己的认可。既然有心去努力，就无所谓“假装”，只管行动便好。

人生的精彩在于不断挑战自己，超越自己。

古代学习高手知多少

□张希奥

苏秦：华丽逆袭六国宰相

苏秦，作为“头悬梁，锥刺股”的主人公之一，他的人生可谓“行走的传奇”。

像很多故事中的男主角一样，苏秦的开局并不利。劝说秦王的奏折多次递上，他的主张却未被采用，耗尽钱财后，苏秦羞愧地离开了秦国。返回家乡后，又受到了极大的打击，他的妻子、嫂子、父母全都轻视他。

来自家人的巨大打击，让苏秦仿佛打了鸡血一般，发奋读书。

这段逆袭戏码，《战国策》里是这样写的：

乃夜发书，陈箧数十，得太公《阴符》之谋，伏而诵之，简练以为揣摩。读书欲睡，引锥自刺其股，血流至足。曰：“安有说人主不能出其金玉锦绣、取卿相之尊者乎？”期年，揣摩成，曰：“此真可以说当世之君矣。”

普通人读书，昏昏欲睡时便睡了；苏秦不是，他是拿锥子刺自己的大腿从而保持清醒。终于，这种拼命的学习取得了成效，学成的他游说诸王无往不利，六国封相，名震天下，无上荣光。原本轻视他的家人被啪啪打脸，一个个又来讨好他。

可以说，苏秦是妥妥的“励志故事大男主”，靠学习改变了自己的命运。

崔元翰：前无古人的“三元及第”

古代科举考试分三个层次：乡试、会试、殿试。乡试第一名叫解元，会试第一名叫会元，殿试第一名则是状元。三场考试都得第一名的，叫“三元及第”。

一般情况下，乡试、会试和殿试每三年举行一次，参加考试的人数众多，如宋太宗淳化三年（992）的会试，参加考试的人数就达到了一万七千多人，是真正的千军万马过独木桥。

而在中国一千多年的科举史中，举人有百万左右，进士有十万左右，状元却仅有七百多人。能够身兼解元、会元、状元的，更是少之又少。

唐朝的崔元翰就是科考历史上第一位“三元及第”的大学神。

崔元翰出身于世家，从小就很擅长读书，拥有一目十行、过目不忘等技能，他在取得乡试、会试第一的成绩后，顺利参加唐德宗建中二年（781）辛酉科的殿试，当时的试题是《白云起封中赋》，崔元翰稳稳发挥，拿下状元，成为获得“三元及第”成就的历史第一人。

值得一提的是，崔元翰的弟弟崔敖、崔备也参加了那场殿试，并且都取了进士科，可见崔家是有点“学霸”基因在的。

唐朝殿试之后往往还要进行三项考核，分别是“博学宏词”“贤良方正”“直言极谏”，难度都很大。光“博学宏词”一项，就很不容易，需要考生上知天文下知地理，须得是全能型人才。

崔元翰在获得殿试第一名后，在这三项考核中也都获得第一名，展现了一代学神的才华。

宋庠与宋祁：兄弟二人拿下“双状元”

宋玘（pǐ）是宋朝时著名的贤士，他的两个儿子宋庠（xiáng）与宋祁同样天资聪颖，在父亲的影响下，自幼刻苦学习，颇有所成，时人称为“二宋”。

宋仁宗天圣二年（1024），“二宋”参加科考，果然取得了不俗的成绩，礼部拟定宋祁为进士一甲第一名，宋庠为第三名。

当时摄政的章献皇太后见兄弟二人竟然同时进入前三，内心惊叹，然而她却认为前三名被兄弟占二风头过盛，且作为弟弟排名压过兄长也不妥，故而暗箱操作让宋庠成了状元，宋祁则被降为第十名。

此事不知为何传到了民间，民间更加看重真正的实力，而不是长幼之序，故而百姓依旧将宋祁视为状元，于是“二宋”中一个是“钦赐状元”，一个是“民间状元”，也就有了兄弟二人拿下同科“双状元”的美谈。

克服手机成瘾的小妙招

手机，只是我们的工具，不是我们的全世界。

□刘可澄

自我约束

进了我们家，就得把手机放进一个小盒子里。要是谁想看手机，只能去盒子里拿，看完了还要放回去。以前大家总会不自觉地拿起手机玩一玩。用了这个方法后，我们看手机的次数大大减少了。我觉得非常有效。

——西蒙·贝克，两个孩子的爸爸

从两年前开始，我和女儿只要在一起，就会开启手机的“勿扰模式”，屏蔽所有通知信息。要是实在忍不住想看手机，我就把“勿扰模式”关了，花几分钟的时间一次性看完所有消息。用了这个方法以后，我变得更加专注了。

——蒂博·阿德诺，两个孩子的爸爸

我们教会了两岁半的大儿子说：“爸爸妈妈，别看手机了！”听了这句话，我们立刻就有了负罪感，效果很好！

——路易斯，两个孩子的妈妈

远离手机

吃饭的时候，我会把手机放得远远的，等吃完了再看。

——洛朗斯·帕耶，一个孩子的妈妈

和儿子互动时，我通常会把手机放进包里。要是他想和我说话，我也会把手机放在无法随手拿到的地方。

——克莱尔，一个孩子的妈妈

口述原因

我要是在晚饭时看手机，会把原因告诉丈夫和孩子，比如“我在预订餐厅”“我在帮你约牙医”等，一般都是真的有事才会看手机。

——娜塔莉，三个孩子的妈妈

如果需要处理重要事务，比如当要回复工作消息而孩子又来找我时，我会告诉他们："不好意思，我得先把这件事情做完。给我两分钟，然后我就来陪你。"

——埃莉诺·迪普朗，三个孩子的妈妈

替代方案

我为老大安排了一天"无手机日"：我不碰手机，专心陪他。他说："太棒了！但你可以用手机拍照和导航！"我们还在周末设置了"家长刷手机、孩子勿扰时段"。

——埃莉斯·基亚帕勒，两个孩子的妈妈

女儿们还小的时候，我和她们出门都会带着涂色本、游戏书，坐地铁也不例外。我们还会玩一个小游戏：轮流提问题。有时她们的问题会逗得隔壁座的乘客哈哈大笑。

——索菲，两个孩子的妈妈

返璞归真

我们买了纸质字典和百科全书，教孩子用书本查找信息。

——卡琳娜·迪朗，两个孩子的妈妈

我决定重新启用被手机替代的物件，比如做饭和刷牙时用计时器和沙漏计时、平时用手表看时间、用纸质日程簿记录日程。我还打算把闹钟用起来。下一步就是把相机找出来。

——莱斯莉，一个孩子的妈妈

藏起手机

要是听见孩子的脚步声逼近，我会赶紧放下手机，找点其他事情做。我不想让他们看见我在用手机。

——格扎维埃·勒菲弗，两个孩子的妈妈

我们会等孩子上床后再用手机。我承认，我偶尔也会在他们面前回信息或打电话，但次数不多。此时此刻，孩子在客厅玩耍，而我在卧室里打下了这段文字。要是他们进来找我，我会放下手机，告诉他们我正在给杂志写东西。

——克莱尔，两个孩子的妈妈

时间是位伟大的作者，它会给每个人写出不同的结局。

时间的形态

□蔡　皋

我想，时间是有形态的。

下午三点多钟我下楼，开门，关门，下电梯，两三分钟的时间形态，就是我开门、关门、乘电梯时的形态。

出门遇到毛毛雨，绵绵密密，清清冷冷地飘着，时间借着毛毛雨在我眼中改变了它的形态。

我围着院子疾走起来，兜着一个圈又一个圈，时间也像水纹一样一个圈一个圈地泛开来。

雨中的树木晶莹发亮，时间又开始晶莹发亮。

地面受雨的浸润，没被水泥覆盖的地方苔青青的，草碧碧的，时间也就青青碧碧如玉石一般的了。

在毛毛雨中散步的人的时间是朦胧的。

过去的那一刻和远处将来的那一刻都是这种感觉。针尖尖一样冷冷地触着你的，是此刻日常。

真正的自由不是放纵的自由。

高级的自由

□万维钢

可以“不做”什么的自由，如“免于恐惧的自由”，是低层次的。

你什么都可以不做，那你做什么呢？能去“做”什么的自由，是高级的自由。

你想表演钢琴，可是你没有那个水平，那你就没有那个自由。想要表演钢琴的自由，你必须首先限制自己的行动，逼着自己在该练琴的时候勤奋练习才行。

自由不是没有限制，而是选择正确的限制。

你的拖延症严重吗？来测测看

1. 在学习中，总是选择最容易但最不重要的事情做（比如削铅笔），越重要的事拖得越久？

是（1分）　　否（0分）

2. 每天做作业时总忍不住开小差，临近睡觉了才开始写作业？

是（1分）　　否（0分）

3. 从来没有为学习列过计划，也不懂得时间管理？

是（1分）　　否（0分）

4. 在学校能做完的事，非要拖到晚上回家后才开始做？

是（1分）　　否（0分）

5. 家长布置任务后，很难立刻行动，而是推托说“等一会儿”“再玩5分钟”？

是（1分）　　否（0分）

6. 每次老师或家长问及任务进展时，总说“快了”“马上”“还差一点儿”？

是（1分）　　否（0分）

7. 平日里很懒散，很多事情都想着等会儿再做？

是（1分）　　否（0分）

8. 要写作业时脑子里突然冒出很多想法，然后就开始走神，很难进入学习的状态？

是（1分）　　否（0分）

9. 经常完成不了制订的计划，或者无限期推迟计划？

是（1分）　　否（0分）

10. 必须等全部细节到位（上完了厕所、喝好了水、整理了桌面等）后，才开始学习？

是（1分）　　否（0分）

11. 经常因为时间紧张，潦草地完成作业，结果被家长和老师批评？

是（1分）　　否（0分）

12. 书桌上放着一堆零食、玩具、课外书，学习的时候经常开小差？

是（1分）　　否（0分）

13. 脸皮比较厚，任家长怎么催，也不慌不忙、习以为常？

是（1分）　　否（0分）

14. 从不会主动汇报作业完成的情况？

是（1分）　　否（0分）

15. 经常因为磨蹭耽误睡觉，每天表现得很疲惫？

是（1分）　　否（0分）

导致孩子磨蹭的因素有很多，包括某一阶段的状态及心理因素等，因此本测试仅供参考。

测试结果

0～4分：轻度拖延

一定要提高警惕，找到磨蹭的原因，尽量克服这一坏习惯。

5～11分：中度拖延

磨蹭已经成为一种习惯，改善它需要付出更多的时间、更大的耐心。

12～15分：重度拖延

磨蹭已经严重影响学习和生活，这时候父母的催促和焦虑，对孩子而言很容易变成指责和压力。最好的办法，就是陪孩子一起做计划，从孩子感兴趣的事情入手。更重要的是，永远不要放弃孩子。

第二章

自律难道还需要天赋吗

比截止日期更要命的

是很多事情不会有人催你

自律靠的不是天赋，而是后天刻意练习。

自律的最大动力，是想要变得更好的渴望。

设立大目标，再拆解成一个个小任务。

少说多做，用行动代替话语。

不要让别人浪费你的时间。

拒绝“摆烂”，让自律成为一种日常习惯。

任何让人变好的行为，都不会让你太舒服、太轻松。

画重点

自律不是为了磨炼我们的意志力，
而是为了达到目标而做出的必要改变。

所有来自未来的好消息，
都是我们今天努力的模样。

时光从未怠慢

□耿玉苗

宿管阿姨原梦园，49岁，每天上午十点上班，晚上十点下班。连续三年，旁听上海交大的课程；连续三年，坚持每天背单词；连续三年，坚持上网课……每个日子都被充实打磨得璀璨夺目。

旁观者说：“何必自找苦吃？”

原阿姨不妥协，不放弃，日复一日地刻意练习，她深谙滴水穿石持续努力的意义。正确的事情坚持做，是突围；简单的事情重复做，是精进。

后来的逆袭顺理成章。当她的儿子考上复旦大学研究生的时候，她被录取为广西大学汉语国际教育专业硕士研究生。

所有看似毫不费力的辉煌，都是厚积薄发、默默坚持成就的，不是突变，是渐变。不是成功的路太远、太难，是我们不愿意相信每天前进一小步就可以化腐朽为神奇。

2012年6月，23岁的湖南青年李城来到中央美术学院（简称“央美”）门前，他渴望成为央美的一员，他说：“哪怕在央美做一名保安也让我深感荣幸。”他没有一点点考虑和犹豫，就成了央美一名普通的校园保安。

此后，李城在央美东门站岗执勤，时时守卫着心中的圣殿。白天读书学习，夜里刻苦习画。白班时，一边站在岗台上一边背诵英语单词；夜班时，静静地在走廊里给一同值班的同事画像。

十年的汗水擦亮了那颗叫作梦想的星星，李城终于以全国第8名的成绩考取了央美中国画专业，拿到了梦寐以求的人生入场券。

所有有关“逆袭”的故事，都不是不可思议的神话，而是每天“衣带渐宽终不悔”，用时间和努力熬制出来的幸运。出发时的信誓旦旦，好高骛远，终究敌不过脚踏实地的每一天。迎接庆典的犟龟、破茧成蝶的乔纳森、一直奔跑的哈罗德，都是用生命诠释着朝圣者勇敢的灵魂。

给予岁月以深情的人们，时光从未怠慢。

以自驱力实现自律，不用“苦撑”的自律才能走得更远。

高级的自律，从不需要逼迫

□飞　白

人类作为一个自然演化的生物体，在构造上有许多缺陷，就连我们的大脑也不例外。在人类文明已经高度发达的今天，大脑所遵循的仍然是原始的生物本能：趋利避害。一件事情，若大脑从中感受到乐趣，就会倾向于去做；从中感受到痛苦，就会倾向于逃避。这是我们的本能。对于自己不喜欢的事物，再怎么用所谓的“自律”去逼迫自己，都收效甚微。很多人之所以能自律，并不是因为他们喜欢苦行，能够逼迫自己，而是因为他们从中获得了乐趣。

那么，摆脱行为上瘾，是否能通过与形成自律相反的方法来实现呢？答案是肯定的。

养成好习惯，可以把好习惯和自己喜欢的事物联系在一起；那戒掉坏习惯，同样也可以通过把坏习惯和自己不喜欢的事物联系起来的方式来实现。

心理学上有一个词，叫“厌恶疗法”，就是通过借助负面反馈的力量，把你想要改变的行为与令人不快的感觉搭配起来，从而达到摆脱上瘾的目的。

如果你想要摆脱对游戏的上瘾，也可以通过类似的方法。比如，你和朋友结成同盟军，谁要是玩了半小时以上的游戏还不收手，另一个人就打他一下，或者对他做令其厌恶的事。

当然，摆脱上瘾的最好办法，是一开始就拒绝下载软件，不给那些产品让你上瘾的机会。无论什么社交软件，都只是一个平台、一个工具，有人找到了乐趣，有人就此沉沦，也有人开辟了事业，找到了理想的生活方式。

没有什么东西能够真正毁掉一个人，因为东西不分好坏，是好是坏，取决于你自己。

有时候，当我们以为自己足够努力了，实际上比我们努力的人一抓一大把。

红皇后效应：不停地奔跑，才能停在原地

□王立铭

生存伴随着进化，停止进化就无法生存的生活方式，被生物学家们赋予了一个有点童话色彩的名字：红皇后效应。它来自《爱丽丝梦游仙境》中红皇后的一句名言："你只有不停地奔跑，才能停在原地。"

我们用一个假想的例子，来演示红皇后效应是如何发生的。

在非洲草原上，猎豹追逐羚羊的生存游戏已经进行了几百万年。但在猎豹的威胁下，羚羊并没有灭绝，二者的数量也维持在一个大体稳定的水平。这种平衡就是红皇后效应的产物。羚羊在猎豹的威胁下会持续发生微小的进化：可能是跑得更快、更耐久，可以甩脱猎豹；可能是在奔跑中学会了急停转身，足以迷惑猎豹；甚至可能是变得皮糙肉厚，难以下咽，让猎豹不再将自己当成目标……羚羊身上发生的这些变化，可以让它们跑得更快、转向更敏捷、牙齿更锋利……这两种进化的力量相互牵制，看起来似乎两种生物谁也奈何不了谁，但如果我们沿着时间轴做比较，就会看到两种生物在以彼此为参照，持续变化。

我们甚至可以想象：如果我们真能复活生活在百万年前的猎豹，它们可能根本抓不到今天这批已持续进化了百万年的羚羊，只好饿肚子；如果复活生活在百万年前的羚羊，在今天的猎豹爪下它们可能也坚持不了几秒钟。正是在红皇后效应的永恒驱动下，地球生物才一刻不敢放松进化的脚步。当然，地球生物奔跑的速度和方向可能各不相同（这和它们所处的环境有关），但"奔跑"本身才是不变的法则。

有形的边界直观醒目，无形的边界则引发我们更深的思考。

叛逆中成长的英雄

□王溢嘉

有一个人，从小就表现出英雄气。上幼儿园大班时，放学回家，他会自动当小班同学的领队，保护他们免受别人欺负。上小学时，同学们经常玩打仗游戏。在一次“枪林弹雨”游戏中，他把一个同学的脑袋砸破了，缝了三针，最后他存在老师那儿的零用钱全都变成了对方的医药费。

他虽然有点野，但努力读书，所以学习成绩优良。不过到了十三四岁时，他开始显露青春期的叛逆性，成绩也跟着起伏不定。有一天上课时，他手里拿着一支笔转来转去，老师看到了，就把笔没收了。他很不高兴，觉得自己既没说话又没影响别人：“干吗没收我的笔？”于是他拿起另一支笔继续转啊转，结果又被老师没收了。他气急败坏，心想：“我为什么不能转笔？”于是又从铅笔盒里摸出一支笔，想跟老师“对抗”到底。如此这般，那一节课他接连被老师没收了四支笔。老师火冒三丈，而他也是一肚子气。

不久，老师就登门做家访。老师拿出他被没收的四支笔，向他的父母告状：“我没收一支，他就又拿出一支，这孩子是不是故意气我呢？”父母连忙为“疏于管教”向老师赔不是。结果，老师走后，他就受到父亲的一顿打。但这也是他最后一次挨父亲打，因为这次经验让他学到了很多，也改变了很多。

他就是日后第一个登上太空的中国人——杨利伟。在自太空归来，成为众人欢呼的英雄人物后，他在《天地九重》自传书里，特别提到上述的“转笔事件”。但让他印象最深刻的不是挨打，而是挨打后父母对他的开导：“你可以自由，可以调皮，但要遵守有形或无形的规则，在一定的限度内老师、家长或者社会可以容忍，超过了这个限度，你就要付出代价，这个代价可能是大家对你的失望，而你必须独自承担所有后果，接受应得的惩罚。”

家有家训，校有校规，国有国法，遵守这些训诫和规范不只是维系人际和谐与社会秩序所必需的，更是做一个有品格、负责任、有尊严的现代公民的基本素养。做人如此，工作如此，登上太空更是如此。从太空船的制造、运转到操作，没有一项是不需要严格规范的，杨利伟能够顺利执行与完成任务，显然与他在青少年时代从教训中得到的体悟有关。

法国哲学家威尔说：“一个人想成为英雄，就必须先对自己下命令。”你要给自己下的第一道命令是：不管做人做事，都应欣然接受并遵守必要的规范和纪律。

行动力指南

神奇的五秒法则

五秒法则，帮你战胜拖延。

这个方法是心理学家梅尔·罗宾斯发明的，她在大学时懒散拖沓，学科论文也没有写好，几次收到退学警告。

为了顺利毕业，她决定每天6点去图书馆补写论文。但每当闹钟响起时，她脑海中总会浮现各种不起床的理由：昨晚失眠、身体不好、早上还有其他事……

为此她很苦恼，直到她看到火箭发射时的转播录像，当播报员从5倒数到1时，火箭立刻点火升空。

次日清晨闹铃再次响起时，梅尔也试着在心中倒数5秒，在数到1的瞬间立刻起床。凭借这个方法，她成功改掉了赖床的毛病，在规定期限内顺利写完了论文。后来她也运用这个方法，让自己在事业上取得了很大的成就。

这就是五秒法则的由来。

遇到想做的事，不要犹豫，倒数5秒后果断行动，你会发现你的人生将大不相同。

违背了自己定下的原则，哪怕只有一次，以后就将违背更多的原则。

曾国藩手段与哈佛大学规则

□孟祥海

张冠生先生在《曾国藩的手段》一文中，记载了这样一件事：曾国藩手下有一名青年将领，名叫李金旸，勇冠三军。有一次，李金旸战败，陷入敌人阵营中，后来逃了回来。其手下有人以此诬陷他通贼，曾国藩明辨其冤，将诬告者绳之以法。

某日，李金旸谒见，称赞“中堂明见万里”，感激涕零。不料，曾国藩却突然传令：李金旸虽然不是通贼，却打了败仗，着以军法从事。旋即李金旸被绑赴东门外处斩。此事传出，“ 闻者无不惊骇”。

这就是曾国藩，明察于秋毫之末：被诬告，还你清白；打了败仗，则必须军法从事。一码是一码，绝不营私舞弊。仔细想来，曾国藩之所以能以书生身份统率千军万马，与他的手段高超不无关系。

我不禁想到发生在哈佛大学的一件事。1764年的一天深夜，一场大火烧毁了哈佛大学的图书馆，很多珍贵的书籍毁于一旦。但这场大火把一名学生推到了风口浪尖。在这之前，这名学生违反图书馆规则，把哈佛牧师捐赠的一本书带出馆外，准备读完后再归还。突然之间，这本书成为哈佛牧师捐赠的250本书中的唯一珍本。怎么办？是据为己有，还是承认错误？一番激烈的思想斗争后，这个学生敲开了校长办公室的门，说明理由后，郑重地将书还给学校。霍里厄克校长接下来的举动令人吃惊，他收下书后表示感谢，对学生的勇气和诚实予以褒奖，接下来却把这名学生开除了。

原来，哈佛大学的理念是：让校规看守哈佛，比用其他东西看守哈佛更安全有效。

一个是晚清重臣，一个是世界名校，二者风马牛不相及。然而，对比起来，我们却可以清晰地看到：曾国藩治军靠的是纪律，哈佛治校靠的是规则。

想要为人生掌舵，需要从掌控思维开始。

今天你对什么事情感到好奇

□[美]奥赞·瓦罗尔　苏　西/译

“谁发现了美洲大陆？”它期待的答案是单一维度的、以欧洲为中心的，比如“克里斯托弗·哥伦布”，但这种问题会把一切好奇的探究阻挡在外。

有趣得多的问题是：“谁发现了美洲大陆的？你又是怎么知道的？”这个问题甚至能引出更多问题：“‘发现’是什么意思？”“欧洲人来到美洲的时候，难道不是已经有好几百万人早就生活在那里了吗？”“原住民一直生活在那里吗？如果不是，他们是怎么来的？走路来的？坐船？又是从哪儿来的呢？”“你会从哪里寻找这些问题的解答？”

这些问题都没有单一维度的答案，而我们在现实生活中遇到的正是这样的问题。现实生活中没有被描述得清清楚楚的问题，更没有唯一的、被描述得清清楚楚的解决方案。所以，我们以后不要再问孩子：“今天你在学校都学了些什么呀？”让我们换一种问法：“今天你对什么事情感到好奇？”或者是：“你想深入了解什么问题呢？”又或者是：“你准备怎么找到答案？”任何经过用心设计、能帮助学生独立思考并质疑世俗认知的问题都可以。

如果一个孩子问你：“恐龙是怎么灭绝的？”请你忍住讲授“小行星撞地球”的冲动。

相反，你可以这样问：“你觉得是什么东西把它们杀死了？你打算怎么找答案？”当他们回答了你，你可以接着提问，引出更多回答，让他们看到，界定问题的方式往往不止一种，有可能正确答案也不止一种。

设定明确的目标，是迈向成功的第一步。

行业名校知多少

□佚　名

有些同学虽然早早就有了职业目标，但是苦于不了解高校，不知道该报哪所大学。那么，了解下面这些行业名校，可能对你有帮助哦。

“国防七子”：北京航空航天大学、北京理工大学、哈尔滨工业大学、哈尔滨工程大学、南京航空航天大学、南京理工大学、西北工业大学。这几所大学虽然不是军校，但是强势专业大都是国防事业所必需的，因此被称为“国防七子”。

“五院四系”：“五院”是指中国政法大学（原北京政法学院）、西南政法大学（原西南政法学院）、华东政法大学（原华东政法学院）、中南财经政法大学（原中南政法学院）、西北政法大学（原西北政法学院）；“四系”是北京大学法学院（北京大学原法律系）、中国人民大学法学院（中国人民大学原法律系）、武汉大学法学院（武汉大学原法律系）、吉林大学法学院（吉林大学原法律系）。这些可以说是我国最早、很好的法律院系。

“两电一邮”：“两电一邮”是指我国信息技术领域三所著名高校——电子科技大学、西安电子科技大学、北京邮电大学。它们在通信工程与电子信息工程领域的专业排名中名列前茅，是中国IT人才培养的重要基地。

外语九大名校：北京外国语大学、上海外国语大学、北京语言大学、北京第二外国语学院、广东外语外贸大学、四川外国语大学、西安外国语大学、天津外国语大学、大连外国语大学。这九所大学在语言类、翻译类等专业拥有领先优势。

“南北双药”：中国药科大学、沈阳药科大学。这两所大学代表了我国在药科方面的高水准。

“机械五虎”和“四小龙”：“五虎”分别是指清华大学、上海交通大学、华中科技大学、西安交通大学和哈尔滨工业大学。“四小龙”是指合肥工业大学、湖南大学、吉林工业大学（现并入吉林大学）、燕山大学。“五虎”代表了中国机械科研的强大实力，“四小龙”相关学科精度较高，在行业内认可度较高。

“师大六姐妹”：北京师范大学、华东师范大学、华中师范大学、东北师范大学、西南大学（原西南师范大学）、陕西师范大学。

只有坚持别人无法坚持的坚持，
才能拥有别人无法拥有的拥有。

坚持的意义

□青青草原

我的一位朋友喜欢长跑。这几年，随着城市马拉松运动的兴起，他经常自费去全国各地参加马拉松比赛。

长跑多年，朋友变得精瘦，浑身上下没有一点儿赘肉，原本轻微的高血压和高血脂也不见踪影。朋友最初的马拉松成绩是5个小时，后来慢慢减少至3个多小时，足足缩短了一个多小时。我曾经和朋友探讨过一个问题：“一场马拉松比赛42.195公里，几个小时的机械运动，整个过程枯燥又单调，身体又很疲劳，你真的不感到痛苦吗？”

朋友非常肯定地回答：“痛苦！跑到一半的时候，身体极度劳累，双腿像灌了铅一样沉重，每迈出一步都很困难，所以想放弃，甚至开始怀疑参加长跑的意义，这时候最痛苦。”我的问题又来了：“既然那么痛苦，为什么还要坚持？”

“为了快乐！”朋友的答案出乎我的意料，他说，“运动把肌肉内的糖分消耗殆尽，氧气供应不足造成乳酸累积，这是身体感到痛苦的原因。但只要咬紧牙关再坚持一会儿，达到身体耐受极限时，脑垂体就会分泌内啡肽。内啡肽的释放能缓解身体压力，增加愉悦感，人会感到由内至外的快乐，甚至狂喜。这时候，不但不觉得跑步辛苦，反倒越跑越有劲，最终顺利到达终点。”

朋友还是一位医生，他补充说：“内啡肽的分泌有一个前提条件，即运动必须保持一定强度，且要持续进行。”

也就是说，只有长时间坚持，坚持到某个特定时间，内啡肽才会出现，快乐才会出现。这也许就是坚持的意义。

那些看似不起波澜的日复一日，会突然在某一天，让人看到坚持的意义。

自律大作战

□罗　康

通往自律之路的陷阱

陷阱1：注意力分散

说明：注意力分散到多个对象时，自律作为一种资源也会被稀释。

示例：一边听英语一边写物理作业，结果更容易打开社交软件；一边打电话一边逛超市，将会购入很多本不需要的东西。

陷阱2：道德许可的作祟

说明：努力坚持很久之后，用破例的行为奖励自己。

示例：坚持不吃垃圾食品一周后，奖励自己一瓶碳酸饮料；坚持一周良好作息之后，奖励自己玩个通宵。

陷阱3：向明天赊账

说明：总有种自己明天能做得更好的错觉。

示例：我明天再完成这个打卡；我明天精神好点，明天写。

陷阱4：光环效应的欺骗

说明：在一个大的、好的背景下，允许自己做一点与目标背道而驰的事。

示例：这个薯片有加入爱心助学计划，我吃两包不过分吧；这次班级平均分进步这么多，我少做两张卷子没影响吧。

与自律陷阱作战

Step1：让行动具体化+ 绑定固有习惯

我的固有习惯：到教室后，接一杯热水，回到座位准备早读。

我的目标具体行动：我要在每天早读前记15个新单词，复习15 个旧单词。

绑定后：到教室，接热水，回到座位马上开始识记、复习单词各15 个。

Step2：爱上习惯

将新的目标行动与旧的自己喜欢的行动绑定。

示例：边看电视边做拉伸运动，就没有单独做拉伸运动那么痛。

Step3：两分钟法则+ 创造（远离）条件

将手机、平板电脑放到另一个房间，卸载短视频软件。

创造有利条件：将计划和目标写出来，贴在目之所及处。

两分钟法则：想做的事情不要等待，先着手做两分钟。

Step4：曲别针法则，让进步可视化

适当奖励自己，帮助自己真正接纳新习惯，但要注意避开自律陷阱。

示例：一天不吃垃圾食品就往罐子里投一枚硬币，七天后有七枚硬币；坚持一周不吃垃圾食品，可以奖励自己周末看一部新电影，注意在看电影的过程中不吃垃圾食品。

行动力指南

能量低时，请试试做这几件小事

1.深呼吸。做那些让你感觉良好的事情。

2.唱歌，抒发美好感受。跳舞，放松自己。

3.学会拒绝别人提出的无理要求，让自己内在强大，但不是强势。

4.鼓励自己，或者鼓励朋友。

5. 运动可以让血流通畅，使身体拥有健康活力。

6.学习自己热爱的、喜欢的知识技能。

7.把自己的优点写下来，经常看一看，赞美自己。奖赏自己就是对自己表示肯定。

8. 向自己曾经伤害过的人主动道歉，学会说一句“对不起”。

边“发疯”，边成功。

带点愤怒情绪，效率会更高

□李南南

第一个研究，来自德国的波鸿鲁尔大学。说的是，一个人每天应该少刷多少分钟社交媒体？

你可能听说过，短视频之类的社交媒体刷多了，容易让人注意力涣散。但是，要想彻底戒掉，多数人又做不到。怎么办？这个研究要做的，就是给一点定量的建议：每天少刷30分钟社交媒体。这样，工作、学习的效率与幸福感，就会提升很多。

研究人员招募了166名志愿者，把他们分成两组。第一组不做限制，每天可以随便刷社交媒体；第二组要求在原来的基础上，每天少刷30分钟。持续一周之后，少刷组工作和学习的效率、幸福感都明显要高于另一组。换句话说，每天不需要改变太多，只需管住自己30分钟，就能获得收益。

第二个研究，来自香港理工大学。这个研究说的是，怎么让自己第二天更有干劲？方法是，在前一天下班前，做一项既轻松又有把握的工作。

研究人员招募了200多名志愿者，让他们做同样的任务，但顺序不同。有的是从难到易，有的是从易到难。结果一天结束之后，大家对这一天的感受很不一样。假如最后做的是简单工作，他会觉得这一天过得既充实又有成就感，而且期待第二天的工作。假如把难啃的硬骨头放在最后，他会觉得这一天过得疲惫又漫长，对第二天的工作还有点抵触。

说白了，决定你总体感受的，不是任务的总量，而是你面对的最后一项任务。因此，研究人员建议，在一天的工作中，你可以把简单的事情往后排。哪怕是在下班后，给自己额外增加一个简单任务，也能让你第二天更有干劲。

第三个研究，来自美国德州农工大学的团队。说的是，当你面对一个有挑战性的目标，带着一点愤怒的情绪，你的效率会更高。

研究人员招募了1000多名志愿者，给他们看不同的图片。有的图片是中性的，有的图片会激发愤怒的情绪，比如有个小孩在挨打。紧接着，这些志愿者开始接受不同的任务，比如填字、猜谜、玩电脑游戏。结果发现，带点愤怒情绪的志愿者在很多任务中都取得了更好的成绩，而且任务的难度越高，愤怒的情绪就越有效。

从这个角度看，在困难任务面前，我们也许可以给自己树立一种假想敌式的思维。也就是，把任务当成敌人，你也许更容易完成它。

行动力指南

手表定律：选择越多，越是混乱

“手表定律”又称“钟表定理”“矛盾选择定律”，指当一个人拥有一块手表时，他可以清楚地知道现在是几点，但是当他同时拥有两块时间不同的手表时，反而无法确定准确的时间，从而陷入困惑和决策困难。

这个定律揭示了，对于同一事物，不能同时设置两个不同的目标，否则将使这个事物无所适从，甚至造成行为上的混乱。

面对“手表定律”，我们该怎么做？

果断决定：在面对选择时，相信自己的直觉和判断，做出果断的决定。不要让过度思考或拖延导致混乱和犹豫。

避免拖延：拖延只会让情况变得更加复杂，增加陷入混乱的风险。果断采取行动，能够更快地朝着目标前进。

接受决定：做出选择后，接受并坚定地执行，不要后悔或犹豫。相信自己的决定，并付诸行动。

深思熟虑：果断并非意味着草率行事，而是在充分权衡利弊、深思熟虑后的坚定抉择。

最慢的步伐不是跬步，而是徘徊；最快的脚步不是冲刺，而是坚持。

只想拥有一本《词语手册》

□李廷英

许多年前，我在偏远的山村读小学。那时候，没有水泥路，高速公路和火车我只在书本上见过。所以，即使在作业本上做了无数次的“两辆火车相对行驶”，也不知道火车到底是怎么回事。

头发花白的王老师不仅是我们的数学老师，还是我们的语文老师、音乐老师、体育老师……课堂上，王老师提问，哪位同学能用一个词或者成语形容火车行驶得快。教室里鸦雀无声，过了一会儿，有位同学在角落里小声地说：“风驰电掣。”王老师满脸欣喜，问他从哪里学的这个成语。同学说是从镇上亲戚送他的《词语手册》里知道的。

王老师站在讲台上若有所思，下课铃声响起的时候，他说：“回家请家长去买本《词语手册》，下周我们开始抄上面的生词。”

我跟父亲说这事的时候，他正忙着手里的农活儿，告诉我：“得空了给你买。”可是，直到下周、下下周，父亲也没给我带回来。

全班就剩下我没有了，王老师拿起教鞭不轻不重地打我的手心时，我的脸和手心一样红，小小的自尊心也被打落一地。可回到家，我也只轻描淡写地跟父亲说赶集的时候帮我买《词语手册》。

实际上，和被打手心比起来，抄《词语手册》的生词才是最大的难题。抄写是家庭作业，同学们可以回家慢慢写，而我不行，幸好同桌解救了我。每天课间，她会翻开《词语手册》，恰好都是当天需要抄写的那页。然后，她就出去玩了。她一直用这种委婉的方式默默帮我。我马上拿出笔抄在废纸上，回家再整齐地誊抄在作业本上。

父亲看到废纸上潦草的字迹，以为我不认真写作业。我急忙解释原委，父亲什么都没说，扛着犁具出去了。再回来时，他的手里竟然拿着一本《词语手册》。

我紧紧握着《词语手册》，小脑袋里冒出很多想法：我要一直得“优秀”，我要抄完整本《词语手册》，因为我终于有了一本属于自己的《词语手册》。

后来，上课的老师变成了吴老师。吴老师不再让我们抄生词了。放学回家，写完家庭作业我就出去玩了。直到有一天，父亲问我怎么不抄《词语手册》了，那是他给人犁了一大片田换来的。我把头埋得很低很低，眼泪一颗一颗滚落下来。曾经许下的誓言被我抛在了脑后，不预习和巩固是很难每次都得“优秀”的。

从那以后，我坚持每天抄写《词语手册》，原本一般的语文成绩，到了初中有了大幅度提升。

真正体会到抄写《词语手册》的益处，是上了高中。语文试卷的前几道题是基础题，我几乎每次都全对。那段时间，我成了班里的“字典”，同学们遇到不认识的都来问我。如果我也不确定，就查《词语手册》。日日的积累，让我的语文成绩越来越好。后来上了大学，我还担任了文学社社长。

果然，能让自己慢慢变好的是日复一日的坚持。这条路上，从不缺计划和行动，但更宝贵的是，在看不到结果时还能坚持自己的选择。

我有时候想，如果父亲一开始就给我买了《词语手册》，我可能也会像其他同学一样，仅是为了应付老师的检查而抄写。那时候，被王老师打手心的难过和个别同学的嘲笑，都化作我成长过程中坚韧的一部分。随着年龄的增长，我也渐渐理解，熬过了生命中那些不起眼的时光，坚持下去才能让人拥有独特的机会。

专注于成长与价值，你离“厉害”就近了。

不喜欢别人说我幸运，他们不懂我有多么努力

□慧　慧

最近我突然迷上了古筝。

第一次去上课的时候，老师看着我弹奏惊讶地说：“一般人第一次弹古筝，手指都会非常僵硬，你怎么这么放松？之前有基础吧？”

我的确是此前从未碰过古筝。若说有音乐相关的基础，可能是小时候草草学过两年电子琴，上小学的时候跟着乐团玩过几年长笛，后来偶尔吹吹竹笛罢了，但都只是业余爱好。

老师更加惊讶了：“那你真的很有天赋，不学下去都可惜！”我笑了。

刚学电子琴的时候，可从来没人说过我有“天赋”啊！那时我不过5岁，小小的我站在高大的哥哥姐姐们中间，如鸡立鹤群。老师说什么我听不太懂，五线谱看得又慢，手还小得可怜。

“你这次是不是又忘剪指甲了？”“回家练了吗？”每次看到老师迎面走来，我都紧张得心像要从嗓子眼跳出来，扭扭捏捏像个被审的犯人。

以至于后来，我对练琴都有了抵触情绪。考级的时候我已经算是正常发挥了，但也只获得了一个“勉强通过”的证书。看着人家手里鲜红的绒面“优秀”，再看看自己暗红色的塑料套皮的“勉强”，我的眼泪都要掉下来了。都是同一个班上的，差距咋就这么大呢？

我有音乐天赋吗？至少那时，我觉得自己一点都没有。

但后来学长笛的时候，老师对我赞许有加："你悟性很好！教别人好几遍的知识点，跟你说一遍你就都明白了。考虑考音乐学院吧！"

学竹笛的时候，老师也很惊喜地说："你的音准很棒，听着调都能把谱子写个八九不离十，很有天赋！"

学习乐器是需要对音乐有感觉的。之前勉强学那两年电子琴，虽然没学出个名堂，但至少从小给了我浸润于音乐氛围的机会：进了音像店直奔施特劳斯，新年看电视总是守着维也纳金色大厅的转播，跳舞至少能踩着点，唱歌也不跑调了……若非有那两年，我对音准、节奏的把握想必并不会和其他初学者有什么不同吧。

天赋这个东西是潜藏的，其所带来的差别很容易被努力掩盖。甚至它本身都可能是不存在的，有时候，所谓天赋，无非就是之前努力积淀的结果。而且，比起天赋，努力也许更值得嘉许。

努力，会让人对自己有更强的掌控感，更自信，也更坚定，而被夸耀的天赋，有时候反而会成为让你不敢挑战更高目标的绊脚石：万一搞不好，我就会被证明是个天赋不足的人。

持续学习，才能塑造未来。

有了人工智能，我们还要不要学习

□苗　千

我们该怎么面对人工智能？要知道，“训练”一个人工智能，往往需要让这个复杂的计算机系统阅读上千万本书、海量的互联网资料，以及不断和人类对话学习，更不用提计算机系统的网络搜索能力和计算能力都远远高于人类。那么，人类究竟还要不要学习？如果我们无论如何都没法超过人工智能，那么还不如把所有工作都交给人工智能去做。那人类学习的意义又在哪里呢？

人类当然还要学习，毕竟人工智能系统也是人类创造出来的。不过，当人类社会因为人工智能的出现而发生重大转变，我们确实也该思考，在未来该怎么学习？我们在学校里学习和考试，在很大程度上需要依靠记忆力。想要运用知识，必须先把知识记在脑子里。不过在网络和人工智能越来越普及的时代，死记硬背就显得越来越不必要了，毕竟我们能够记住的东西再多也没有人工智能存储的信息多。而且就算有些知识我们没法记住，也能通过网络迅速搜索出来。这当然不是说我们不需要记住知识，而是说能够对知识有深刻的理解，以及能通过已经掌握的知识进行联想，提出重要的问题，要比死记硬背重要得多。

人们常说“熟能生巧”。所谓“熟”，指的是熟练。意思是说，我们只有对某项工作进行大量的训练，才能够理解其中的道理，掌握其中的规律，也就是有了“巧劲”。在进行学习的时候，练习是非常重要的。但是也需要注意，练习指的并不是机械性地重复某一项工作，变成所谓的“做题家”——毕竟现在人工智能解题的速度和精度都要超过人类，而是要通过练习对知识网络有更深入和更全面的理解。

目前人工智能的发展还处在初级阶段，因为人工智能的计算机神经网络结构在很大程度上模仿了人类大脑神经元处理信息的方式，而目前我们对于人类大脑的工作原理还没完全清楚。相比人工智能系统，人类大脑非常多才多艺，可以同时处理多项任务，而且所消耗的能量只是人工智能系统的万分之一左右。虽然人工智能系统在很多方面都远远超过了人类大脑，但是起码在目前看来，人类大脑也有很多能力是人工智能所不具备的。

人工智能还只能在它所学习的范围内解答问题。一旦遇到它没有学习过的知识，往往就显得无能为力了，甚至可能会“一本正经地胡说八道”。所以我们会发现ChatGPT常常会对一些问题给出明显错误的答案，那是因为它学习的数据里不包含这类问题的答案。相比之下，人类大脑具有独特的想象力和创造力。虽然我们也经常遇到自己不理解的信息，但是我们可以从已经掌握的知识中进行联想、推理，不断扩大自己的知识网络。我们可以对自己所不理解的知识领域进行提问和想象——起码这些能力都是人工智能还不具备的。

人工智能可以帮助我们做很多简单的、重复性的工作。它是人类创造的又一个非常强大的工具。有了人工智能的帮助，人类可以进一步从烦琐的工作中解脱出来。不过我们增强学习的能力也就显得更重要了。我们需要学习怎么利用人工智能帮助我们工作，更需要学习怎么去提问、想象和创造——毕竟，这是人类最重要也是最独特的能力。

时间管理，即你的每一秒钟都值得尊重和利用。

1秒有多久

□佚 名

秒是时间单位，符号是s。你知道1秒是怎么计算出来的吗？为什么1分钟是60秒，而不是10秒或100秒？1秒还能再分割下去吗？

世界时与原子时

人们曾以地球自转来定义“秒”。地球自转一圈，就是1天，1天分为24小时，1小时分为60分钟，1分钟分为60秒。那么，1天就有86400秒。

1秒为地球自转一圈用时的1/86400。

这就是世界时，以英国格林尼治天文台的观测数据为标准。

后来人们发现，地球自转的速度在变慢，用它来计算1秒有多久，每天都会产生一点误差。1967年，人们采用铯（sè）原子的振动频率，重新定义了1秒。

1秒为铯原子振动9192631770次的时长。

这就是原子时，每1亿年才会产生1秒的误差。

闰秒

误差不同，世界时和原子时对不上的时候怎么办呢？科学家们想到了一个方法——利用协调世界时来进行纠正。它以原子时秒长为基础，当原子时与世界时相差达到0.9秒时，协调世界时就增加或减少1秒，以尽量接近世界时。这1秒就是闰秒。

为什么1分钟是60秒

将1小时分为60分钟、1分钟分为60秒的方法，来自古巴比伦人。他们在数学和天文学的计量中，使用六十进制（以60为基数进位）。把时和分细分成60份，你就可以轻松地在表盘上找到1/2处、1/3处、1/4处、1/5处和1/6处，从而方便计时。如果分成10份或100份，则不容易做到。

秒还能再分割吗?

能，但不是无限的。1秒=10分秒=100厘秒=1000毫秒=1000000微秒=1000000000纳秒……直到1后面跟着43个0的时候，时间的分割就到终点了。这个最小的时间单位，叫“普朗克时间”。

一弹指、一瞬间、一刹那，是多少秒?

这些都是古代印度的时间单位，换算后得出：一弹指是7.2秒，一瞬间是0.36秒，一刹那是0.018秒。

你知道吗?

现实中的事情在发生80毫秒后，我们的大脑才会意识到。

行动力指南

拖延公式

既然拖延症是一种“症”，那就一定有治疗的办法！加拿大心理学家皮尔斯·斯蒂尔认为，人们迟迟不肯行动、能拖则拖的主要原因有4个：

1.对完成一件事情的信心不足；

2.没有强烈的愉快感；

3.注意力不集中；

4.目标太大、太远。

据此，他提出一个公式：

行动力=（信心×愉悦）/（分心×目标）。

根据这个公式，我们可以“各个击破”来提高自己的行动力。简单来说，就是我们通过提高对任务的自信心和愉快程度，减少分散注意力的可能性，以及缩短获得回报的时间，帮助自己降低拖延程度，提高做事效率。

把一万件事做得一般，不如把一件事做到不一般。

目标极简

□cicu

1889年，法国商人爱德华创办了一家轮胎作坊。

在他的经营下，小作坊发展得有声有色。

因为规模越来越大，爱德华便想拓展更多的业务。

当时海上航运发达，他马上成立了一家造船厂。

之后，他听别人说酿酒业很有发展前景，又赶紧开了一家酿酒公司。

他以为抓住每一个风口，事业便会蒸蒸日上。

没过多久，他名下所有的公司业务都开始亏损，甚至连赖以生存的轮胎企业，也面临经营危机。

对此，爱德华百思不解。

有一天，他来到一座葡萄园考察，看到农户们把一些青葡萄摘下来扔掉。

他觉得很可惜，于是问道："这些葡萄看上去没有什么问题，为什么要摘下来扔掉呢？"

农户们回答说："不摘掉部分葡萄，所有葡萄会相互抢夺养分。只有摘掉一些，才能让剩下的葡萄吸收更多的养分，从而生长得更好。"

听完这番解释，爱德华恍然大悟：这和我赚钱是一个道理呀，我总以为目标业务越多，就做得越成功，结果过多的业务反而分散了我的精力，最后什么也没做好。之后的半年里，爱德华先后停掉了造船厂、酿酒厂等业务，全力投入轮胎生产领域。

他所创建的这家轮胎企业，是被誉为“全球轮胎科技的领导者”——米其林公司。

人往往成于一，而败于二三。

无论哪一行，坐这山，望那山，终将一无所成。

我们心有定力，深耕细作于一个领域，才有可能成为最后的赢家。

哈佛大学曾对毕业生做过长达25年的跟踪调查，结果发现：

朝着一个既定的方向不懈努力的人，几乎都成了社会各界的成功人士；

换过方向但并不频繁的人，成了各个行业、各个领域的专业人士，大都生活在社会中上层；

那些没有目标、频繁转换方向的人，生活困顿，常常抱怨他人、抱怨社会。

专一者出众，分心者出局。

你把一万件事做得平庸，不如把一件事做到极致。

只有始终坚守人生主航道，不为两岸风景迷乱眼，我们才能实现目标。

行动力指南

第二名优势

第二名永远是第一名最大的敌人，第二名最大的优势就是想要成为第一名的心。第一名永远都不要忽略第二名的存在。何以言之？

在博弈论中，有这样一个 “效仿第二名”的假设：如果你是第一名，你去模仿第二名的策略，你就能保持领先地位。

第一名常常存在“心理疏忽”——他们认为第二名的能力不够或者运气不佳，又或者认为第二名正在采取的是一种“愚蠢”的策略，因此他们是不会牺牲优势地位来效仿第二名的。

而第二名能够超过第一名的机会也就在于此。这时，如果他改变策略，就有可能一举超过第一名。因此，第二名的暂时劣势，反而给他带来一种策略上的主动，往往能够创造出不一样的结果。

真正的自律，并不是吃苦，而是一种专注。

管理精力

□意图君

管理学大师彼得·德鲁克说，我们更应该管理精力，而非管理时间。

时间管理不奏效的一个重要原因是，我们所做的事情中有80%是无效的。即便我们成功完成计划清单上的所有事情，其中仍有80%是无意义的。高效浪费时间仍是浪费时间！记住“要事第一”是精力管理的第一原则。我们需要放弃将所有该做的事都安排进日程的想法，而应该专注于做那20%最有效、最有用的事情。

人体具有内在的节奏，掌握好精力消耗与恢复的节奏，是保证精力可持续性的根本。除了合理饮食，保证睡眠，还要去做一些对体能、情感、思维和意志有益的事情。自律的本质，是为了提高效率，而不是把所有的时间都用计划填满。不要用战术上的勤奋来掩盖战略上的懒惰。

手机知道你在偷懒。

手机是怎么计算步数的

□奥　秘

现在的智能机普遍配备了加速度计、陀螺仪、指南针等传感器，这些传感器在手机发生移动的时候会收集数据传给手机上的操作系统进行分析。

手机里的加速度计是一个不断振动的微机械摆件，通过测量外界加速度对振动的影响来测量手机的加速度。操作系统收到这些数据之后，会使用算法对传感器的数据进行识别。比如，人在走路或者跑步的时候，加速度计会测到一定范围内的周期信号，因为手机不是固定的，所以会有很多其他的移动造成的噪声。通过滤波算法去掉那些噪声之后，再分析信号的振幅和频率，并把一秒几次的信号当成走路的信号，然后来计算所走的步数。一般手机都是从几个周期以后开始计数的，所以手机计算的步数比实际的步数要少一些。

多一些积极的心理暗示，你就会发现，自己似乎不那么害怕了。

两个学钢琴的孩子

□班 超

提米和塔米都喜欢弹钢琴。他们每天刻苦练琴，每周都有进步。

一天，老师宣布了一个令人激动的消息：马上要举办一场音乐会。提米和塔米都有机会参加公演——这是他们人生中的第一次公演。

提米和塔米睁大了眼睛，望着彼此，既兴奋又紧张。“公演是什么样的呢？”他们很想知道。

演出的前几周，提米和塔米都在抓紧时间练琴。接着，音乐会公演的日子来临了。

这一天，提米、塔米与父母坐在观众席上，等待着老师报出他们的名字。他们都十分焦虑。“如果当着这么多人的面我弹错了怎么办？”“如果我出丑了怎么办？”“如果别人都比我弹得好怎么办？”两个人心里暗想。

然后，他们听到了提米的名字。妈妈满怀期待地看着他，但他缩了缩身子，在座位上越沉越低。

“快点，提米，该你上场了。”妈妈鼓励他说。

提米摇了摇头，拒绝站起来。他的妈妈抬头，对舞台上的老师耸了耸肩。

“提米今天不能演奏。”老师跳到下一个人，“现在，有请塔米为我们表演。”

“来吧，塔米，该你了。”塔米的爸爸说。

塔米深深地吸了一口气，缓慢地站起身，慢腾腾地走向舞台，走向钢琴。她的腿和手指控制不住地颤抖着，原本不会出错的地方，都被她弹错了。弹完了曲子，她只想尽快跳下舞台，以至于差点儿忘了给观众鞠躬。

但是，塔米做到了！

提米和塔米继续上钢琴课，继续努力练琴。他们进步的速度一样快，老师对他们都很满意。

过了几个月，老师宣布又要举办一场音乐会。提米和塔米还是很害怕，忐忑地望着彼此。这次音乐会，提米仍然无法让自己离开观众席一步，而塔米则带着比上次稍多一点的自信站上舞台，完成了演出。

如果自律有比赛，你是第几名

1. 生活中你是一个很有主见的人吗？

是的→2　　不是→3　　看是什么事→4

2. 你是否会因为自己的一点过失而怀疑自己的能力？

是的，经常→5　　从来不会→3　　偶尔会→4

3. 你是一个容易被身边人“欺负”的人吗？

是的，经常→6　　从来不会→5　　偶尔会→4

4. 你是否经常因为太过被动而被身边人抱怨？

是的，经常→7　　从来不会→6　　偶尔会→5

5. 你是一个不管做任何事都拥有自己的原则和底线的人吗？

是的，我很有原则→7　　感觉没什么原则，比较随意→6

看是什么事→8

6. 你的原则是不可侵犯的吗？

是的→7　　没什么原则→8　　看情况→C

7. 你是一个会因为感情用事而放弃原则的人吗？

是的→8　　不是→9　　看情况→B

8. 你是否相信“善有善报，恶有恶报”的说法？

是的→D　　不相信→10　　不确定→9

9. 你在做选择的时候是意志不坚定、犹豫不决的类型吗？

是的→10　　不是→A　　不知道→B

10. 有没有人说过你是一个很好欺负的“软柿子”呢？

是的，经常→D　　从来没有过→B　　偶尔有→C

测试结果，仅供娱乐

A的自律指数：★★★★★

B的自律指数：★★★

C的自律指数：★★

D的自律指数：★

第三章

成长是一次次的“爆改”

努力提升自己

永远比仰望别人有意义

不要垂头丧气，而是要相信自己。

当好机会来临时，立刻抓住它。

学会专注，集中精力学习，避免受到干扰。

善于反省才能不断成长。

努力很累，但赢的感觉非常爽。

有些能力，不是欠缺，而是不挖掘。

重要的事情每天坚持做，不要有拖沓的习惯。

画重点

一个人最大的本事，
从来不是毫无目的地忙到感动自己，
而是能向着一个目标，
马不停蹄地充实自己。

故事，没有标准答案

□丁娴瑶

我和孩子一起看了个动画短片。故事说的是，有一对父子，常年生活在雪山峭壁上。那里地势险要，但他们搭建了一个温暖的小木屋，闲暇时还能坐在木屋旁的秋千上看看半空中的风景，倒也惬意。在与世隔绝的“空中楼阁”生活，父子俩以什么为生呢？卖冰块。雪山上气温极低。每天，父亲都会背着一箱自制冰块，带着孩子从悬崖之上一跃而下。滑翔伞会适时开启，把他们精准地送到山下的一个海岛村。这一段旅程中唯一的遗憾，可能就是当父子俩在空中滑翔时，疾风会把他们的帽子吹走。但是没关系，等把冰块卖了换来钱，父亲就会给自己和儿子买新的帽子。

就这样，父子俩日复一日地过着这样的生活：制冰，跳崖，丢了帽子，卖了冰块，买新帽子……直到有一天，山上升温了，父亲发现制冰箱里的水没有结成冰，且更大的危机也来了：山上融化开的雪块砸下来，摧毁了小木屋，断了父子俩的退路，连那个救命的伞包也掉落山崖。父子俩命悬一线，被迫再次跳崖，只是这一次，生死未卜……

视频卡了，我和孩子得以缓一口气。我问孩子：“你猜，父子俩会得救吗？”

孩子不假思索地就把故事编了下去：父子俩在空中飘啊飘啊，快要坠落地面时，他们看到一块巨大的五彩毛毯——那是村庄里的村民把自家的毯子拼到了一起。他们每天都从父子俩那里买冰块，早就对他俩有了深厚的感情。雪山融化，他们知道父子俩会有危险，所以早早地等在山下……不得不说，我还蛮喜欢这个结局。

故事真实的结局是：危急时刻，父子俩掉落在一座柔软的“帽子山”上，那是由他们日复一日、年复一年被风吹落的帽子积成的。

弹幕里，网友们对这个故事的解读各有不同：有说全球变暖问题的，有说父爱之伟大的……而孩子看完故事后，若有所思地感叹道：“妈妈，看来生活中‘丢失’一点东西，也不都是令人伤心的，也许有一天，它们会带来新的希望……”我笑了。

故事，没有标准答案；故事，总有无限可能。这大抵就是故事的魅力所在。

你可以的。保持热爱，向光前行！

“50分”不及格

□杨欣妍

乐瑶永远不会忘记这一天。平日温和的舞蹈老师看着乐瑶，厉声说：“如果你今天不道歉，这次领舞就只有秋田一个人。”站在乐瑶面前的秋田正哭得梨花带雨，泪水打湿了面颊上赤色的胎记。乐瑶的眼圈红了，但她忍住了没有哭。哭是软弱的表现，那样就不是完美女孩了。

今天对乐瑶来说，本应又是完美的一天，因为要开始排练下周去省里参赛的舞蹈了。然而，舞蹈老师再三思量，决定选乐瑶和秋田两个人作为领舞。乐瑶难以置信地问：“万一她的脸把评委老师吓着了，我们还怎么赢？”

乐瑶走在回家的路上，怎么也想不通刚才的事。虽然秋田的舞姿有100分，可她的胎记让她的面容只有50分。对此，眼里只有完美的乐瑶怎么会不在意？但乐瑶还是强迫自己做完了作业，又预习完第二天的功课，准时在九点半爬上了床。

第二日，舞蹈老师走进教室，似乎瞥了乐瑶一眼，拍拍手说：“我们先完整跳一遍。”乐瑶心不在焉地张开双臂，不小心碰到了一旁的队员，使整个队的舞步都乱了。反复几次后，舞蹈老师终于忍不住拍拍乐瑶的肩：“要不这几天你先回家调整一下自己？”

放学后，乐瑶躲在教室门口听舞蹈老师用柔美的声音打着节拍，不知不觉竟跟着音乐跳了起来。突然，音乐声戛然而止，她被眼前的秋田吓了一跳。“你跳得真

好，舞蹈老师同意重新让你当领舞了。”听秋田说完，乐瑶喜笑颜开，和秋田牵着手跑回舞蹈教室，开始了排练。

眼看比赛在即，周末，乐瑶悄悄把秋田喊到了家里。她拿出从妈妈那儿偷拿来的遮瑕霜，学着大人的样子给秋田涂了厚厚一层。穿着小裙子，皮肤雪白的秋田一下子容光焕发起来。乐瑶也拿起刷子美美地给自己涂了一层。

到了中午，乐瑶经过妈妈面前，妈妈突然惊呼：“你的脸怎么了？”乐瑶愣了一下，她跑进洗手间，一下瘫坐在了地上——镜子里的自己，脸上凸起了大片的红色斑块。医生说乐瑶过敏了，要半个月才能好起来。

周二舞蹈队就要去省里参赛了，她不想拖队员的后腿，更何况第一次上台就顶着红肿的脸，以后还怎么做完美女孩？她飞奔回家，把头埋在被子里许久，不知不觉睡着了。

第二天，乐瑶坐在爸爸的车里去学校，下车时才惊讶地发现，目的地变成了火车站。刚下车，秋田就跑过来捂住她的眼睛，随后一个凉凉的面具便戴在了她脸上。乐瑶睁开双眼，十三张小脸上都戴着相同的闪耀面具。

大幕拉开，十四个精灵般的女孩跑上舞台。这是乐瑶跳得最投入的一次，反正谁也不知道她是谁。

乐瑶抛下了所有的顾虑，将整颗心融入背景音乐里。她的四肢被音乐带动着伸展跳跃。身后的队员似乎也被带动了，表现得格外出色。

这场比赛，她们队毫无疑问获得了第一名。乐瑶突发奇想，如果不是秋田脸上不完美的胎记引发了后面的故事，她们真的能收获这么大的荣誉吗？

她有点怀疑自己平日里追求的完美是不是真的完美了。但她清楚，此刻的她和秋田，相同的“50分”不及格，都是最完美的！

可我偏要勉强

□林羡鱼

第一次听见“我偏要勉强”这几个字是在电视剧《倚天屠龙记》中，身为蒙古郡主的赵敏大闹心上人张无忌与周芷若的婚礼，面对众人劝阻，她说出了这句经典台词。短短几个字，却是将不服输的精神表达得淋漓尽致。是啊，纵使这世间不如意之事十有八九，可谁又想听天由命呢？每当遇到挫折时，我都会用这句话鼓励自己，想着“我偏要勉强”，便平白生出些勇气来。

那时我读小学五年级，班主任是位女老师，待我们较为严苛。不过她老公倒是很随和，虽也在本校任教，却是副科老师。他很喜欢打排球，每逢体育课或是自由活动时，若有空闲，都会约我们打排球。我的排球水平在班里并不算好，发球、接球都很笨拙。可作为一项体育运动，自然是势均力敌才好玩，若是连球都发不过去，光捡球能有什么乐趣？为此我暗暗较劲儿，匆匆吃了午饭，就抱着排球到场地练习了。想着老师曾经说过的技巧，我一遍又一遍地发球，那段时间，操场上都是我奔跑着满地捡球的身影。

偏巧那阵子学校组织五年级各班进行排球比赛，以我的水平本是不能上场的，但是老师知道我也很喜欢打排球，便将我与另一名同学作为替补，让我们轮番上场，也算是体验一下排球比赛的乐趣。记得比赛那天，轮到我上场发球时，因队友们配合得好，轮轮得分，我竟然获得了连发8个球的机会。虽然接球我并不擅长，但是发球还是能够保持稳定的水准，也算为团队做出了贡献，这应该是我运动生涯最光辉的时刻了。

我自然也明白，体育运动靠的是日积月累，想用短短数日就逆风翻盘显然是不

现实的。我们能够赢得这场排球比赛的胜利，与平常一起玩球培养起来的默契密不可分。可这件事仍给予了我莫大的勇气。就算不行又怎么样呢？我偏要勉强。哪怕是最不擅长的运动我也咬牙扛下来了，想当年我也是连发了8个球的人啊！

在诸多事上，我都算不得有天赋，纵使学习一贯还算努力，成绩却始终处于中游。我晓得寒暑假是个分水岭，毕竟到了难得的假期，大家都想适当放松一下，所以我在假期里仍旧制定了严格的学习任务。我深知，若想赶超旁人，就得狠下苦功夫。凭什么他们可以非常优秀，我却要始终平庸呢？我偏要勉强，我也想考到成绩榜前几名。

高二下学期，刚开学就进行了一次考试，拿到试卷，我扫了几眼就觉得熟悉，后来才发现大多数竟是假期作业里的题……那次考试我简直如鱼得水，在班级里引起了短暂的关注。傍晚，我坐在楼梯间与家人打电话分享喜悦。家人说："这次考得不错，继续保持。"虽然我心里明白这个成绩很难保持住，却还是暗暗鼓励自己，要永远带着这股韧劲继续往前走。

后来，等到学习步入正轨，我的成绩果然又回到了中游，可是那又怎么样呢？我偏不服输，靠着这股劲头往前冲，但凡有机会，我就还能一鸣惊人。哪有那么多黑马啊，只不过是抓住了每一个机会罢了。运动如是，学习如是，生活亦如是。不擅长又怎样，只要是自己觉得值得的事，总要勉强一番才甘心。何况就算暂时没成功又有什么关系呢？我们还可以静静地等风来。

无声的陪伴才是最深沉的安慰。

半颗门牙缺失之后

□明前茶

那天，有个陌生电话打进来，因正在开会不方便，我两次都挂断了，但这个电话倔强地打进来第三次时，我只好走出去接听。电话里传来女儿班主任杨老师顾自镇定的声音："睿恺妈妈，你最好到学校来一趟，孩子在周一晨会上晕倒了，磕掉了半颗牙，嘴唇也磕破了，有点肿胀。不过别担心，出血已经止住了。"

杨老师下一节有课，故而安排我女儿去办公室休息，并委托其他老师照顾她。

我立刻打车赶到了女儿所在的小学，因为担心孩子是中暑晕倒，办公室冷气开得很足。女儿脸色苍白，见到我，立刻牵着我来到一个角落里，悄声说："妈妈，等会儿见到了杨老师，你千万不要怪她，是我自己忽然眼前发黑跌倒的。我刚才看杨老师非常紧张，跑进跑出地照顾我，带我到校医那里止血。她担心我是低血糖，给我冲了蜂蜜水，还给我吃了面包，这会儿我感觉好多了。"

我端详她肿胀的嘴唇，又看了看她漏风的门牙，又心疼又好笑。在这种情况下，她的第一反应是说服家长别怪罪老师，但她是如何觉察到老师的不安的？女儿说："出了事，杨老师的脸色比纸还要白。她才从县里最好的学校调过来，听说还没有结束试用期。"

我立刻答应她，绝不会在这件事情上责怪老师一句。女儿放心点头，从口袋里掏出了一个餐巾纸包着的小包，给我看那断裂的半截门牙，问我能否用胶水给她粘上去，“讲话漏风，笑不露齿，太难受了”。女儿的这份孩子气逗乐了我，我笑着说：“怎么处理这颗牙，咱们得听牙科医生的。很抱歉，妈妈并不是牙医。”

牙科医生直言不讳地告诉女儿，断裂的牙齿，只能磨短了做烤瓷牙。

紧接着，是一系列拍片、选料的程序。牙医很细心，磨平断牙时，电磨的声音让女儿不由自主地打哆嗦，牙医好言安慰，还拿过来一排不同的烤瓷牙样品，让女儿挑选自己的门牙形状与色彩。牙医说：“童话中都说，一颗新的牙齿会给你带来好运。之前，所有的牙齿都是爸妈给的；现在，你可以自己决定门牙是雪白的，还是自然的米色，形状是偏方还是偏尖的。”

我们一共去了三次医院，烤瓷牙做好后，女儿请求牙医把那个牙齿模型留给她做纪念。她战胜了恐惧，做了一颗天衣无缝的好牙，这是她11岁那年秋天的特别纪念。

令女儿宽慰的是，无论是她磨短了真牙像一只小仓鼠，还是最后做好了烤瓷牙，又亮出一口微笑弧线，全班同学都对这些变化表现得若无其事。就算门牙缺失的那几天，领读课文有点漏风，也没有谁模仿她哧哧啦啦的气声。我觉得，那一定是杨老师背地里的工作起了效果：安慰一个孩子，就是静静等待她的小创伤愈合，而不是去问东问西。

行动力指南

不走寻常路的侧向思维

有一人想过河，他来到河边大声问道：“哪位船家会游泳？”话音刚落，好几个船家都围了过来：“我会游泳，坐我的船吧！”只有一位船家没有过来，坐船人就走过去问那人：“你水性好吗？”船家不好意思地说：“对不起，我不会游泳！”坐船人高兴地说：“那好，我坐你的船！”

为什么坐船人要选不会游泳的船家呢？原来，坐船人认为，不会游泳的船家，他必然会小心地划船，坐他的船就比较安全了。这种从侧面来推理的方法就是侧向推理法。

一些困难，当我们无法从正面更好地解决，若固执己见，一条道走到黑，甚至会遭受失败时，我们就要从侧面来思考问题，就需要侧向思维。

命运不会偏袒任何人，却会眷顾一直朝着光亮前进的人。

抢不走的专利

□夏荷生

身为英国煤矿工人的儿子，他8岁时就下井当了挖矿工。井下工作太苦，于是他跟着矿上一名机械师做学徒，想学些技术，换个工种。

机械工不同于井下的挖矿工，要有文化才能掌握得了专业知识，可他几乎是个文盲。为了弥补先天的不足，他开始上夜校、自学。靠着苦学和钻研，他成了一名合格的机械工。

在煤矿上班，他见过一次又一次井下瓦斯爆炸事故，看到过很多工友死伤。他也看见矿主为推卸责任，竭力掩盖爆炸的真相，阻止消息的传播，死伤的矿工家属只能拿到极少的抚恤金，从此过着以泪洗面的生活。

瓦斯爆炸主要是井下照明灯的明火引发的，明火外泄会导致井下混合气体燃爆。他决心发明一种井下安全灯，阻止明火与混合气体接触，减少事故的发生，保护身边的工友们。

功夫不负有心人，安全灯真的被他发明出来了，而且效果明显，瓦斯爆炸的概率大大降低，工友们对他感激不已。遗憾的是，几乎在同时，英国皇家研究院一个叫汉弗莱·戴维的教授，也发明了一款井下安全灯。戴维是一名杰出的化学家，还是英国皇家学会的负责人，名气和影响力都比名不见经传的他大很多。

谁是安全灯的第一个发明者？专利权该给谁？争论由此展开。最终，判定安全灯的发明人是戴维，并奖励他2000英镑，专利权也自然被判给了戴维。

他的朋友和矿上的工友们均不服，义愤填膺地凑钱支持他打官司，夺回专利权。但他没有同意。他谢过大家的好意，转而集中精力去搞另一项发明，最终他发明了世界上第一台蒸汽机车。

他就是被后人赞誉为“火车之父”的乔治·斯蒂芬孙，人类因他的伟大发明而进入“铁路时代”，人们出行变得更加便捷。

遇到纠缠不清的事时，要争下去吗？乔治·斯蒂芬孙给出了答案——不需要。东方不亮西方亮，天地无比广阔，何必在一件事上纠结内耗，耽误了前行，得不偿失。

生命是脆弱的、艰难的，但又是坚强的、有力量的。

藏羚羊的降生

□刘为强

可可西里腹地的卓乃湖是中国藏羚羊的主要产崽地，被人们称作“天然大产房”。

由于怀孕和生产时间不同，许多临产的藏羚羊都聚集在湖边，而其他未临产的藏羚羊则主动守卫在外围，因为尾随它们而来的还有狼、鹰、秃鹫、棕熊等天敌。藏羚羊妈妈们一旦“喜得贵子”，就赶紧领着孩子向外移动，好让其他的藏羚羊准妈妈靠近湖边安全生产。如此循环，相互照应，直到最后一只藏羚羊准妈妈完成生产。

因为藏羚羊身处高原之上，加上众多天敌对其虎视眈眈，所以藏羚羊产崽的整个过程非常短暂。有时，藏羚羊妈妈正在悠闲地漫步，一个不屈不挠的生命就会轻松落地，没有发出一声呻吟。

藏羚羊的“产床”大多是高坡上的沙石地。有一次，我曾有幸目睹了一个高原生命的降临过程。一只刚刚出生的小藏羚羊浑身湿漉漉的，头和脖子紧紧地贴在地面上，一动不动。它的肤色和地面的颜色极为接近，只有两只玻璃球似的大眼睛闪着黑亮的光泽。当观察到四周没有危险后，它才开始尝试着站起来：它先伸展脖子，抬起头；然后，开始试着蹬腿，分开四肢，以支撑身体；两分钟后，突然用力，两只前腿跪在地上；三分钟后，竟然完全站起来了；五分钟左右，就已经开始蹒跚迈步了。

在小藏羚羊落地的一瞬间，藏羚羊妈妈立刻用舌头不停地为它舔吸，以舔干净它身上的胎液，使其免遭冰冻之苦，也让唾液滋润它的生命，刺激它更快地进行新陈代谢。在孩子站立起来的过程中，藏羚羊妈妈会用嘴巴不停地拱向柔弱的孩子，好让它快点站起来，瞬间变得坚强起来！一旦天敌来袭，藏羚羊妈妈只能先把孩子藏好，然后拖着疲惫不堪的身体朝着相反的方向“仓皇逃跑”，以此诱惑劲敌。这种舍己救子的举动，让很多藏羚羊妈妈一去不返。而被藏起来的小藏羚羊则利用短暂的时间差，依靠自己身体形成的天然保护色，躲过生命中最初的劫难。尽管如此，小藏羚羊的成活率也只有50%。

一个渺小的生命，一个脆弱的生命，一个必须历经艰险和磨难的生命，就这样在离天空最近的地方站立了起来！

人生本身就是一次冒险。不敢冒险，才是人生最大的风险！

彻底的、小心的冒险精神

□杨　照

2002年底，人类“极限纪录”又添加了一笔——美国海泳女将琳·考克斯成为第一位在南极海域游了1600米的女性。

世界上绝大部分人都没有去过南极洲。少数有幸到南极洲的旅客或研究者，大概不外经由两种方式——搭乘具有破冰功能的特殊船只，或搭乘小型飞机降落在那里的机场。琳·考克斯和一群游客一起搭乘破冰船，经小猎犬海峡接近南极洲大陆。那是南半球最炎热的季节，融冰后露出南极洲大陆的边缘。船沿南极洲大陆边缘航行，经过尼克港后，琳·考克斯从船舷上走下阶梯，深呼吸，一跃入水，花了25分钟，一共游了1600米，到达南极洲大陆。

表面上看，这个纪录好像不怎么厉害嘛！前后不到半小时，游的距离总共不到2千米，难道别人不会游？别被这种表面的数字骗了。真正重要的是，琳·考克斯下水时，海水温度接近冰点，而且她游过的海域到处有浮冰。小块的浮冰，随时可能划破她的皮肤；大块的浮冰，随时可能把她撞晕过去。

游泳对人类最大的挑战，是如何保持身体的温度。如果体表丧失热量的速度持续超过体内循环增温的速度，那么到一个点时，输送回来的血液温度会过低，将导致心脏无法正常运作，人就会瞬间昏迷，再也醒不过来了。

这当然不是开玩笑。这也说明游上南极洲大陆，对企鹅来说是一件轻松的事，但对人类来说，嗯，还真没人敢轻易尝试。

琳·考克斯不是等闲之辈：她12岁开始专注于海泳；15岁时，就挑战海泳者的圣地——英吉利海峡。虽然在海中游泳已经比别人强得多了，但琳·考克斯还是继续探索自己的极限。所以，她才会在40岁后，决定挑战南极洲海域。

不过为了短短20多分钟的泳程，琳·考克斯花了整整两年时间做准备。她找了很多专家帮她的忙：重量训练专家帮她增强肌力，使她游得更快，制造出更多体内热量；医学专家随时监测评估她的身体状况。她还请教了动物专家，了解企鹅保暖以及在水中快速运动的秘诀。琳·考克斯刻意留了长发，并把它盘在泳帽里，用来存储空气保暖；还让自己增重将近10千克，储备足够的脂肪。

如此大费周章是为了什么？为了证明人类可以做到南极企鹅轻而易举就可以做到的事吗？不，琳·考克斯是为了满足自己的冒险需求，这才是最大的目的。克服困难做到别人做不到的事，这个过程本身就是价值，就是意义，也是目的。

冒险不是暴虎冯河，别人不敢做的事你敢做，而是成功克服别人克服不了的困难。要追求成功，就要仔细设计、规划，一点儿都莽撞不得。别搞错了，真正的冒险家，并不是冲动的冒失鬼。用这种标准看，我们不妨做点儿思维演练：有冒险精神的社会与没有冒险精神的社会，会拉开多大的差距？

不是成功来得慢，而是你努力得不够狠。

打破飞行极限的斑尾塍鹬

□吕令威

在新西兰毛利人的文化中，有一种被称为“夸阿卡”的鸟，它的出现代表着吉兆，预示着春天的到来。这种鸟就是斑尾塍鹬（chéngyù）。这种体形还没有鸽子大的鸟，没有华丽的羽毛，还长着怪模怪样的鸟喙。但如果你轻视了这种其貌不扬的小鸟，那就大错特错了。作为候鸟，它是世界上单次不间断飞行距离最远纪录的保持者。

茨威格曾说：“这世上所有的伟大壮举，都是悄无声息完成的。”同样，在最初，科学家并不知道斑尾塍鹬是如何迁徙的。直至2007年，研究人员利用小型卫星追踪器，得到了一只代号为“E7”的斑尾塍鹬的飞行数据。“E7”从美国阿拉斯加出发，横跨太平洋，直抵新西兰，一路上不吃不喝地高速飞行了8天，总长11587公里。这是什么概念呢？美国总统专机“空军一号”单次续航能力也只有一万多公里。更令人难以置信的是，自有卫星追踪数据记录以来，最长的、不间断的候鸟迁徙纪录已经不止一次被斑尾塍鹬打破。

为了实现这惊人的壮举，斑尾塍鹬会做好充足的准备。每年飞行前，它会大量捕食虾、蟹、蚌、螺等，以储存成倍于自身体重的脂肪能量。同时，它甚至会消耗25%的消化道和部分器官组织，以便为更多的脂肪腾出空间。这些被储存的脂肪将成为接下来长途跋涉所消耗燃料的来源。可以说，在整个迁徙过程中，斑尾塍鹬就是一个移动的油箱。如此巨大的牺牲，造就了斑尾塍鹬的迁徙神话。这种中途不停歇的飞行，可以避免在停留地遭受捕食者的侵袭或染上疾病，是它应对危险的独特方式，也展现了其非凡的生存意志。

运筹帷幄之中，决胜千里之外。

“一问三不知”是指哪“三不知”

□廉颇老矣

“一问三不知”中的“三不知”，具体指的是对事情的开始、经过和结果一无所知。这个成语出自《左传·哀公二十七年》。

公元前468年，晋国与郑国的战事正酣，而齐国作为旁观者，却敏锐地捕捉到这场战争背后的微妙平衡。为了维护自身利益，齐国派遣大将陈成子领兵救援郑国。在这场战略博弈中，一位名叫荀寅的晋国贵族因故投奔齐国，成了关键人物。在晋国军队已经撤退之后，荀寅自称得到了晋国军队的内部消息，说晋军准备偷袭齐军，要一举歼灭齐军。

不料陈成子回复他：“‘无及寡，无畏众。’虽过千乘，敢辟之乎？将以子之命告寡君。”意思是，无论晋国怎么打，我都会积极应战。你现在提供这个消息的动机值得商榷，回头我会把这件事告诉国君。事后，荀寅反思道：“吾乃今知所以亡，君子之谋也，始、衷、终皆举之，而后入焉。今我三不知而入之，不亦难乎？”意思是，替他人谋划，一定要好好思考，尤其是事情的开始、经过和结果，必须提前思考好，再告诉别人。于是，“一问三不知”这一成语应运而生。

“一问三不知”并非简单自嘲，它深刻地揭示了智慧与决策之间的联系。有智慧的君子在谋划一件事时，总是对事情的开始、经过和结果做全面的考量。只有这样，才能在复杂的局势中做出明智的决策，避免盲目行动带来的风险与损失。

每一次努力，都是向幸运迈进的一小步。

我们是一堆幸运的细胞

□刘　枭　刘继军

不管你是灰太狼，还是秦始皇，都是由一颗受精卵分裂而成的。受精卵一变二、二变四……分着分着，有的细胞就变成了胎盘，有的细胞就成了胎儿——这就是细胞的分化。

胎盘来到人间就被扔掉了，而胎儿就成了幸运的你和我。这很不公平，但如果公平的话，大家都一样，就只能分裂成一团肉球，而且绝不会蹦出一个哪吒。

细胞必须分化，我当眼睛饱览风光，你当脚板负重前行，他当胎盘出生就扔，这才能孕育出一个生物个体。我们就是那一堆幸运的细胞。

地球生物都知道，自己活下去，DNA传下去，是每一个生命的终极追求。那么是谁说服一部分细胞甘于奉献，去做胎盘、皮肤、毛发这些“短命鬼”？又是谁提拔一部分细胞坐到了心脏、神经细胞这些关键位置？

实际上，细胞分化和人类分工差不多：一看自我奋斗（竞争），二看命运洪流（环境）。也就是所谓的内因和外因。

人体发育早期，胚胎外层的细胞是一样的。但接下来，它们就要分工了：做长寿的神经细胞，还是短命的上皮细胞？没有谁想选后者，那就投票决定！

票从哪儿来？由外胚层细胞自己生产，这是一种叫作Delta的蛋白质，产出来甩给别的细胞，谁得票多，谁就无奈地成为上皮细胞。

刚开始，大家出票速度差不多，得票也差不多。

大家随便扔，那就总有些细胞周围的票碰巧多了一点点。或者，总有些细胞产票的速度碰巧快了一点点，扔给别人的票就多了一点点。

这一点点就了不得。因为，Delta蛋白有抑制作用，可以抑制附近的细胞生产这种蛋白质。换句话说，哪个细胞周围这种蛋白质多，它产这种蛋白质的速度就会被抑制——得票会抑制自己的出票速度，甩给别人的Delta蛋白就少。于是，进入正反馈循环，一旦得票比别人多，出票速度就会被越甩越远，得票率就会越来越高。

细胞周围的Delta蛋白浓度比别的细胞高到一定程度，就会分化为上皮细胞。翻译过来：票高到一定程度，就会被推出午门做上皮细胞，斩监候；票低的就如愿以偿成为幕后大佬，分化成为颐指气使的神经细胞。

这一切，既是自我奋斗的结果，也少不了运气的成分。

至于环境因素，当然更是以运气为主。

比如人体内，有很多信号蛋白质分子，可以影响细胞的行为，这些信号蛋白质的分布，就成为细胞环境的一部分。同样的细胞，周围某种蛋白质浓度稍有差别，它就会分化成不同的细胞。比如有一类糖蛋白，叫WNT蛋白，它可以操纵头发的颜色，也可以决定细胞的命运。

在这种微环境下，造血干细胞会受到微调，增殖分化为各类血细胞，坦然接受各自的任务和命运。

当然，也有一些细胞既不接受自我奋斗的结果，也不接受命运的安排。在变异中，它们拥有了不死或者无限繁殖的能力，不再服从组织，那就是癌细胞。

癌细胞只顾自己快活，不顾别人死活，所以多数会被身体免疫系统清除。有些骗过免疫系统的，就会形成癌症。而一旦癌症害死宿主，它自身也就迎来了末日。这是分化的代价，是复杂生物存在必然要承受的代价。

你越是害怕会犯错，你的人生就越是容易出错。

犯错是
学习必不可少的过程

□［德］罗尔夫·多贝里　刘菲菲/译

你会愿意让一位读过上千本医书但从未给病人动过一次手术的医生为你开刀，还是选择做过上千次手术但没读过一本医书的医生？

一位制药集团的首席执行官在和我一起吃晚饭的时候说：“在公司里巡视的时候，我可以马上察觉到哪些部门运行良好，哪些部门有问题；当我雇用员工时，短短几秒之内我就可以感觉到他是否合适；当我和供应商谈判时，凭直觉就知道谁想欺骗我；当我准备收购一家公司时，投资银行几千页的报告远远没有一趟短短的公司巡视有用。”

我问他：“你是在哪里学到这些的？大学吗？”

他摇摇头：“我在发展自己的事业时犯了上千个错误，从中学到了很多。”

知识有两种类型：用语言描述的和非语言描述的。而我们往往过度重视前者。

经过4年的组装探索，莱特兄弟在1903年12月17日成功造出了第一架飞机。他们实现自己的这一梦想并不是靠学习前人的科学理论，因为当时还没有这种理论，在那之后的30年，飞机制造理论才得以成型。

谁发明了自动织布机、蒸汽机、汽车和白炽灯？绝不是单纯的理论家。我们有时低估了实干的人。

文字表述的知识都是清楚明白的，这种清晰在实际生活中却是不存在的。其实，写书的人和从不写书的人有不同的思考方式，因此我们不能将文章看成对现实世界的反映。另外，文字会掩盖能力，表达能力好的人可能会赢得更好的机会。

重要的知识来源于实践。所以请你把对文字的敬畏放到一边，在适当的时候停止阅读，做些可能会失败的尝试。

你的韧性，决定你的上限。

被压扁的仙人掌

□林清玄

大地震的时候，一盏美丽的石头灯掉落，砸中餐桌上一个高级花盆，盆里种的仙人掌被压扁，掌浆四溢。大理石餐桌也缺了一个洞。看着那一片狼藉，我难过不已。

我把压扁的仙人掌换到陶盆，随意放置在阳台，清理了石头灯、骨瓷盆的残骸。

两个月后，我惊奇地发现，那随意弃置的仙人掌，碎裂的部分已经合拢，形状就像一个椭圆形的饼。更奇妙的是，饼的边上长出了七片翠绿的仙人掌掌叶，比原来一柱擎天的仙人掌更美。

我蹲下来，仔细欣赏那一盆充满生命力的仙人掌，为生命的奇妙咏叹。人不是瓷器，而是仙人掌，瓷器一破永破，仙人掌则在破碎中也能重生。因为仙人掌是有生命力的，永远散发着勃勃生机。

我们不能以过去的破碎作为借口，困在破碎之中。过去即使再破碎，也永远过去了。

人是有生命力的，有生长的可能，只要保有希望，就能点燃宇宙的希望之火。最重的疾病，都有人康复；一旦想法改变了，有了正向的思维和信念，就会有正向的选择与未来。

我把仙人掌移回餐桌，放在大理石缺口之上，一切都变得那么完美，充满了生机。

纯粹而强烈的愿望所带来的信念，拥有超越一切智慧的力量。

我不聪明，但是我很努力

□戴帽子的鱼

童年的记忆不多，我只记得自己曾经非常笨。

笨到什么程度？小学学习大于和小于符号时，我怎么也弄不清楚两个符号的差别。我只知道一个开口朝左，一个开口朝右，但就是分不清谁代表大谁代表小，常常搞混。

我的数学老师是一个对教学非常严格的人，惩罚人的招数非常多，我们全班同学都比较怕他。我每次上课就跟坐电椅似的，只要他的眼神扫向我，我的椅子就像通了电一样，“电”得我大汗淋漓。我上课时满脑子都在祈祷，老师千万不要叫我回答问题，千万千万不要。那时感觉在众目睽睽之下答不出题是一种耻辱，就如一盆脏水当头淋下。

而且，我不敢问别人怎么区分大于和小于符号，因为对别人来说这似乎是很简单的事，我怕别人鄙视我，笑话我太笨。

好多次在放学回家的路上，我的心中满是悲哀和绝望，不断问自己怎么连这么简单的东西都学不会，是不是太笨了，是不是人生没有希望，是不是不配拥有美好的梦想。

按教学进度来说，大于和小于符号这一章节因为很简单，所以很快就学完了，接下来的其他章节内容，我学得很顺利。也许因为这一章实在太简单了，所以期中考试和期末考试都没怎么出与大于和小于符号相关的题目。那一学年我的综合成绩名列前茅。

没有人知道成绩不错的我连大于和小于符号都分不清楚，只有我自己知道。一年以后我才学会这两个符号，而且至今都忘不了学不会的痛苦和学会后的释然。

高中时，我旁边的座位上坐着一个非常用功的女生，长得很可爱，简直就像从动漫里走出来的人物。但她总戴着一副镜片厚厚的眼镜，每次下课也不出去玩，除了上厕所，都是在座位上不停地做卷子。听说她每天也睡得很晚，可她的成绩永远都在中游晃荡。每次公布月考成绩的时候，我最关注的不是自己的，反而是她的，真心希望她能一下子冲上去，希望她能开怀一笑。可惊喜从来就没有发生过。

有一次考试后，我看见她哭了，摘下眼镜趴在桌子上无声地哭，肩膀耸动，没有人敢去安慰她，因为不知道该说些什么。说下次再努力吗？她努力得都快走火入魔了。说运气不好吗？那命运之神是不是从来就没有眷顾过她？她每次拼尽全力却都是得到同样的结果。大家正在犹豫的时候，倒是她自己很快又恢复过来了，吸了吸鼻子，用手背擦了擦眼泪，再戴上眼镜，又抿着唇继续做试卷。

上大学的时候，我去给一名小学生做家教，辅导语数外。他一直不太认真，一会儿给我看他养的小乌龟，一会儿偷摸遥控飞机的控制器。他妈妈走进来吼他：“你这么笨还不努力，以后可怎么办？”

他抬起小小的头，神情幼稚、理直气壮地说：“我不是每件事都笨啊，我画画就很好啊。”他拿出他画的水墨荷花，比我画的还要好。

那一刻，我好想穿越时光回到我的小时候，告诉那个因为分不清大于和小于符号而倍感耻辱的自己：“没关系，你还可以做其他事。”我也好想回到高中，告诉那个每次都全力以赴、学习仍毫无起色的女孩：“也许你不是很聪明，可你比那些第一名更让人佩服。”

聪明只是少数人的属性，如果没有这种属性，那你可以成为一个真诚的人、正直的人、单纯的人、勤奋的人、美好的人……

这个世界，可不是单靠聪明就能撑起来的啊。

时间管理的本质：在正确的时间做正确的事。

猛兽
不会整天忙忙叨叨

□吴伯凡

前几天我看了一篇文章，说如果一个人每天的睡眠时间超过4小时，他成功的概率就会降低一半。仔细看了这篇文章后，我觉得这个观点是有问题的，而且这种问题很有代表性。我们现在提到个人管理时，常把个人管理等同于时间管理和效率管理，但事实并非如此。

个人管理真正要管的是什么呢？我认为是管理能量。很多人会被各种效率手册、计划手账所绑架，每天把自己的日程安排得满满当当，但他们很可能早就忘了管理的目的是什么。管理的目的只有一个，即完成你的任务，而且是尽可能优质地完成你的任务。但时间管理顶多能让你避免浪费时间，并不能保证做任务时你的能量处于最好的状态。

棕熊的生存策略主要就是合理地管理能量。它们是杂食性动物，吃各种各样的食物，以保证能量的供给。与此同时，它们尽可能地节省能量，所以它们有冬眠的习性。

鲨鱼的行为准则里有一个很重要的原则，就是尽可能地节省能量。比如说在攻击体形大的动物时，它们一般不会死缠烂打，往往采取突袭的方式，咬掉猎物的某一块肉，导致其大量出血，然后让这个猎物在流血中慢慢死去。让猎物流血还有一个好处，就是能够保证鲨鱼不费力地跟踪这个猎物，因为鲨鱼是通过水里的血来辨别猎物所处方位的。

老鹰在抓小鸡这样没什么反抗能力的猎物时，总是一招致命。但在抓体形比较大，而且有反抗能力的动物时，它们会先在高空滑翔——鸟类靠气流支持，不振动翅膀长时间飞行——以节省体力；发现猎物后，再自由落体般以惊人的速度俯冲下来，这样一方面能够保证速度越来越快，另一方面能减少能量消耗；一直下降到距离地面差不多5米的时候，它们才展开翅膀，然后抓住猎物。比如抓像羊、鹿这样的动物时，它们会把利爪扎到猎物的身体里，带着猎物飞起来，然后松开爪子，将猎物摔死，随后再把这个猎物抓走。这样就能避免为控制挣扎的猎物而造成的能量消耗了。

《易经·系辞下》中有言：“君子见几而作，不俟终日。”君子只有在看到了苗头、趋势，就及时采取行动，他不会整天只死死等待。

《菜根谭》里也有一句话：“鹰立如睡，虎行似病。”为什么鹰站着的时候常是闭着眼睛的？为什么老虎走起路来懒洋洋的？这正是它们捕杀猎物前的伪装，给猎物一种看似无害的感觉，从而使其疏于防范，最终使作为捕食者的它们节省下大量的能量。这两种自然界中的猛禽凶兽，它们不是整天都忙忙叨叨的，而是只在正确的时间做正确的事。

行动力指南

唤醒你的自控力

想必很多人都觉得“自控”是一件不容易的事，毕竟当你想要专心做好一件事的时候，外界的“诱惑”太多了。其实想要提升自控力也不难，这是一个长线工程，别心急，一点点改善，你终会有所收获。

与其寻求他律，不如做到自律，充分认识到自控对你的重要意义。

在打算坚持做任何事之前，请给自己留点儿时间想一想：我为什么要做这件事？为什么是这件事而不是别的事？为什么非它不可，非坚持不可？

给自己一个理由，最重要的是给你自己一个说得过去的理由。我给自己的内在动机是，我想看看我在这件事上的天花板在哪里。成败都甘心，因为我知道，如果这么困难的事都能被我啃下来，我以后的日子就糟糕不到哪里去。

人生最大的遗憾不是“我不行”，而是“我本可以”。

明明你可以，为什么自己淘汰了自己

□谷润良

1

从小到大，我的数学成绩一直不好。“小升初”考试结束后，我和同学们讨论数学题目，被老师听到了，他也会“咦”上一声，仿佛在说，你也有答对的时候？久而久之，我下意识地认定自己此生和数学无缘了。

在初中一年级一堂数学课上，讲习题时，老师突然发问，吓得我赶紧趴在课桌上，恨不能钻到桌子底下去。如你所料，太惨了，我还是被点到了名字。

我颤颤巍巍地站了起来，低下头，嗫嚅着说：“我……不知道。”

“这么简单的题目，你不知道？”老师笑了，随即叫了另一位同学。

当那个数字从同学口中吐出来的时候，我整个人都崩溃了。是的，和我习题册上的答案一模一样。更令我意外的是，老师点点头，欣慰地夸奖了他。那一瞬，我心里五味杂陈——惊喜、窘迫以及对自己深深的愤恨。

课后，我追着那个老师向她解释，其实我算对了答案，只是……老师笑了，什么也没说，匆匆走掉了。

这世上最可怕的事就是自己看不起自己、自我厌弃。上天搭好了舞台，邀请你登上来，你都不肯给自己一个机会，那这样的人生，也是很糟糕了。

你都看不起自己，别人就很难尊重你。

2

多年来，我一直有个秘而不宣的习惯，那就是但凡外出，一律穿运动鞋，不穿帆布鞋。

为什么？因为矮。

读书的时候，我是那种永远坐在最前排的学生，因为只要有一个人坐在我前面，我就可能看不见黑板。

拍集体照的时候，摄影师一说从低到高排队，我就很有自知之明地站到了最前面，因为只要有一人挡住我，队伍看上去就不和谐。

工作以后，有天晚上，和我一起在外工作的老乡，突然打来电话说，他肚子痛得厉害，能不能陪他去医院。二话不说，我带上钥匙和钱包就出门了。

一切安排妥当，老乡被推进手术室做阑尾切除，我才意识到，自己穿的竟是帆布鞋。一时间，我窘迫得只想找个地方坐下来，可是，周遭坐满了人，一张长椅上挤挤挨挨，大人抱着孩子，老人打着瞌睡。

怎么办？只好站着。站累了，我就开始在走廊里走来走去，一面走一面想自己踮着脚尖在人群中交钱的样子，越想越滑稽。有一刻，我还冷不丁地笑出了声，望望四周，没有一个人注意到我，没有一个人。

一刹那我突然意识到，此前所有的困扰，或许都是自己臆想出来的。怕什么呢，大大方方走出去，阳光就是你的，春天就是你的，世界就是你的。

这是你的人生啊，怎么舒服怎么穿，怎么轻盈怎么走。

3

金无足赤，人无完人。每个人身上，或多或少都有软弱的地方，羞于示人的地方，都有这样那样难以弥补的缺点。

你视力不好，常人看到的风景你看不到，描述一枚叶子你想象不到，形容一朵白云你体会不到。可是，你也能“看到”他们看不到的世界，感受到他们感受不到的生活。

这世上，谁都可以鄙视你，除了你自己。别人鄙视你，不过是一阵耳旁风；你鄙视自己，却会抹杀未来的无限可能性。

这是一个优胜劣汰的社会，很残酷，也很现实。别在被社会淘汰以前，自己率先淘汰了自己。

是的，请对自己说，我可以。

你的很多心病，大自然里都有“药”。

外公的葡萄“哲学”

□成壮壮

十几年前的春天，为了美化院子，退休的外公从花卉市场买来了一棵葡萄树，种在院墙边。每次我路过院子，从葡萄树下走过，心里总是怀着一个期待，祈祷秋天能吃上自家香甜的葡萄。

可惜的是，尽管外公尽心侍弄，但从春天到夏天，再到秋天，葡萄树都没能长出葡萄。我带着失望掩埋了对它的期待。外公仿佛看穿了我的心思，说道：“不是所有的付出都马上就有结果的，明年吧，明年就会结果了。”

第二年，外公特意买了种植葡萄的书来学习。三月，春风的暖意刚把春天召唤来，葡萄树就长出了新叶。外公忙给它盖上薄膜，防止还娇弱的树苗被太阳直晒，受风雨侵袭，又四处从邻居家要来羊粪、鸡粪，挖坑埋在树下。待葡萄树开出了微黄翠绿的花，外公又照着书上的指导，把较小的花穗剪掉。终于在五月的某天，葡萄挂果了！花穗变成了青绿的、硬硬的小葡萄。

失落的希望被重新打捞出来，我带着好奇偷尝了一颗：又酸又涩。酸涩的滋味使我的五官拧作一团，忙不迭地吐出葡萄，心里的失望又深了一重。

但外公照旧，三天两头地到院子里去看葡萄树，对比着书上的内容来预计生长情况；时不时拿着剪刀把坏果、小果剪掉；果实稳定后，又买来袋子，把每一串葡萄都套起来，防止蚂蚁爬坏了果实。

被套起来的葡萄究竟长得怎么样了？我的好奇心打败了失望情绪。好几次我都想打开袋子看个究竟，每次都被外公制止。他说，“人事尽时天理见，但勤耕耨候丰收”，要我学会在耕耘的季节付出，在等待的季节等待，静候时间给出的答案。

十月的某天，外公喊我去取袋子摘葡萄。一直怀揣着的梦，似乎在此刻就要实现了。我拿着剪刀、果筐，兴奋地冲到葡萄树下。也许是等待得太久，真正要揭开葡萄“面纱”的这一刻，我竟不知该从何下手。外公的脚步声和温蔼的话音，从身后传来：“把袋口的绳结拆开，再取下袋子就好了。”

我依言小心翼翼地取下袋子，一串紫黑色的葡萄映入眼帘。它还沾着水汽，水灵灵的，晶莹剔透。挤挤挨挨的葡萄串仿佛一个宝塔，甜丝丝的香味就从这个小塔直扑我的鼻腔。我摘下一颗，撕掉果皮，放入口中，口腔瞬间被葡萄的甜淹没。它比以往吃到的葡萄都甜，我兴奋地说：“外公，葡萄好甜。”外公脸上开出了花，笑着说：“这就是一分耕耘一分收获啊。”

我剪下一串葡萄握在手中，回味着葡萄的甘甜，仿佛我把最美味的秋天握在手里了。

今夜，月凉如水。听着窗外蛙叫声此起彼伏，外公质朴语言中蕴含的朴素道理，随光阴流转，世事打磨，在我的印象中愈加鲜明深刻。

你要写少年，就不能只写少年。

支持的力量

□陶诗秀

每天傍晚爬山途中，我经常会遇到一个瘦小的男孩。他看到我时总是问："喂，几点了？"待我回答后，他继续弯着背，扛着书包向上爬。我从侧面得知，他现在寄人篱下，每天上学、放学都要翻过一座山，路程有八九里。这样日复一日，他终于熬到小学毕业。

我对小男孩的身世了解有限，凭借与他短暂寒暄时的观察，感觉他反应很灵敏。他得知我曾担任他所在学校的校长后，就把称呼从无礼的"喂"改成"校长"，也在"几点了"之前自动加上"请问"两个字，应变能力极强。我心想：应该给这个孩子一个支柱，让他向正途发展。

于是，我特意准备了一份礼物，想在毕业典礼上送给他。他的班主任却表示此举不妥，称他行为不检，比如：他常说自己没吃早餐，以此欺骗善心人士为他掏腰包；他还让别人为他买手机……班主任一再表示："若他都能获奖，会让其他同学产生错误的价值观，以为人品坏一点才会有人关注，这岂不是违背了奖励的本意？"

其实，识人无数的我对小男孩这种负面行为并不意外。流离失所的孩子自然会摸索出一套生存法则，骗的背后是"匮乏"，需要的是帮助与导正。正因如此，我才更加坚定决心，请人代为转送礼物，并写了一封信勉励他。

我在信中告诉小男孩，之所以送他一块手表，是希望他把握时间，珍惜光阴，努力充实自己，从知识中获取力量；而送他一个大红包，是以备不时之需，不过，我希望他把钱留在身边，不要随便花掉，因为这些钱代表我对他的支持与肯定，钱在，犹如我在。信的最后，我对他不曾因路途遥远而放弃求学的精神给予肯定。我还说，无论酷暑寒冬，无论刮风下雨，他都踽踽（jǔ jǔ）独行于山路间，淬炼出坚毅的性格，绝对比他人更有竞争力，千万不要妄自菲薄。

这封信和礼物送出不久后，我就得到了小男孩的回应。我的同事帮他录制了一段视频，然后发给我。我看了之后，心里又是一阵酸楚。他把那块手表视为至宝，戴在手上（戴着表的那只手举得高高的，生怕将表撞坏），脸上露出无比满足与幸福的表情，口口声声说会牢记我的话，不会让我失望。

小男孩身处不利的环境之中，一时无法靠自己的力量站起来，若能在他极度匮乏时，给予一些物质与精神上的帮助，日后他必将不再依赖外界的支持，继续成长，挺立于天地间。

行动力指南

4种典型的认知扭曲，我不想你有

1.非黑即白思维。这种认知扭曲表现为一个人难以接受“灰色地带”，简单地认为这个世界上的人或物，要么是好的，要么是坏的。比如，一个人要么是成功的，要么是失败的。他们并不认为还有其他可能，比如成功的人也会失败，优秀的人也会做错事。

2.以偏概全。将一个具体事件概括为整体模式，用片面看整体，只基于一两次经验就对自身和外部环境作出过度推论。例如，一个人在面试中被拒绝一次，就得出自己永远找不到好工作的结论，将一次面试的失败推广到整个职业生涯。

3.心理过滤。只关注负面信息，放大消极的方面，同时过滤掉积极的方面。

4.读心术思维。即使没有证据还是认为自己知道他人在想什么。当然，我们不可能知道他人在想些什么，这种认知歪曲一般是一种消极解释。比如，路遇一位陌生人不是很开心，就认为他可能对你有意见。有这样思维的人，都会有一个非常明显的特征：不喜欢沟通。

不完美的你，依然值得被爱和尊重。

自卑一定是坏事吗

□倾　墨

自卑一定是坏事吗？阿德勒在《自卑与超越》一书中指出，自卑感及随之产生的痛苦、焦虑，促使我们强烈地渴望摆脱缺失的状态，努力追求具有超越性的目标来获得补偿。

自卑感的补偿一般有积极补偿和消极补偿两种。积极补偿是指我们可以充分利用自卑感带给自己的痛苦，使之成为自身成长的一种滋养，在战胜自卑的道路上实现超越。在考试失利的灰暗日子里，痛苦与焦虑如影随形，它们不仅仅是情绪上的波动，更是内心深处自卑感的强烈投射。我们开始怀疑，自己的学习能力是否已然消失，自己的智力水平是否足以应对未来的挑战。但正是这种深刻的自我怀疑，成了我们成长的转折点。它迫使我们停下脚步，深入反思，审视自己的不足，激发斗志，下决心开启一场关于勇气、自我发现、追求超越的旅程。

而消极补偿则走向了反面：面对自卑感带来的痛苦，采取消极的逃避方式，陷于“自卑情结”不能自拔。考试失利并不可怕，真正可怕的是陷入自我否定和沉沦。

永远不要低估一个安静的人。

中庭树老阅人多

□丰子恺

我已经很老很老了。

历史的红尘冷雨覆我，我听过渔樵同话。冯异在我身旁默然独立，只为不贪功禄，于是人叫他作大树将军。陶潜徘徊不去，告别了折腰生活，人叫他田园诗人。有人折我以遗所思，有人借我系住征人瘦马。人忧、人乐，人乐、人忧，全都容在我心。

没有泪，也没有笑，只有守了千年的沉默。年年，我青青若此。

从前，有一个词人，竟怀疑了，就如此说：“树若有情时，不会得青青如此。”

我依然沉默，非因蔑视，只因——唯其沉默，才容得下更多。

你在班级里扮演什么角色

每个人上学时，在班级里都会经历各种各样的事情，扮演不同的角色。有的人可能是班里的开心果，能把一大群人都逗得开怀大笑；有的人可能不愿意多说话。其实无论怎样，每个人都是班级里不可或缺的人，有静有动才是真正的圆满。那么你在班级里会扮演什么样的角色呢？一起来测测吧！

1. 你是否有很多的朋友？

是→2　　不是→3

2. 你比较八卦吗？

是→4　　不是→3

3. 你对待同学、室友很大方吗？

是→5　　不是→4

4. 你喜欢和同学说话吗？

是→6　　不是→5

5. 你虚荣心重吗？

是→7　　不是→6

6. 同学的一些行为会影响到你的心情吗？

是→A　　不是→7

7. 你会管着自己的同学吗？

是→8　　不是→B

8. 你觉得你了解你的同学吗？

是→D　　不是→C

测试结果，仅供娱乐

A.

你在班级里大概扮演的是一个“打酱油”的角色。相较于维护班级感情，你更加专注自己的感受，往往是谁对你有利你就和谁走得近一点。但是既然同在一个班级，感情还是要维护的，这样才会交到更多朋友。

B.

你可以说是班级里的开心果了。大家在一起的时候，你总是想要积极地调节气氛，希望每个人都能够开开心心的，整个班级能够融为一体。你是一个很大方的人，也愿意为整个班级付出。总的来说，你是一个集体荣誉感很强的人，也能够得到整个班级的认可。

C.

你是一个比较内敛的人。平日里你总是会把自己的心事隐藏起来，不会轻易地和别人交流，哪怕是自己的同桌也不例外。你这种强烈的自我保护意识，会给人一种很难接触的感觉，会让你在班级里的存在感比较低，要积极改变自己才行。

D.

你是一个追求平等与和谐的人。在班级里你跟谁都是一副和谐相处的样子，跟谁都有话说，但是你会在心中留有一丝余地，不会将自己的真性情展示于人。可以说，你是一个既亲和又不乏理性的人。其实，如果你能够稍微用一点心的话，就会拥有很多知心朋友。

第四章

上进的人做对了什么

我们无法改变环境

但是可以改变自己

培养自己的好奇心和提问能力。

人生不设限，一切皆有可能。

珍惜时间，想做的事，马上付诸行动。

知道自己的梦想，并寻求各种途径去完成它。

不马虎、不敷衍，尽心尽力做好每一件事。

探索自己的优势，实现精准成长。

避免拖延，最好的办法不是强迫自己，而是管理自己。

画重点

成功路上，没有人会叫你起床。
你需要自我管理，
自我约束，自我突破。

永远不要停止提问，这是我们体验世界的一部分。

不必好学，但永远好奇

□陶瓷兔子

童话里，睡美人降生时国王请来了12位仙女，每位仙女都给了小公主一句祝福——美貌、健康、聪慧的大脑、善良的心等。如果我是其中之一，我想我愿意送出的祝福是“好奇”。

很多人会把好奇和求知混为一谈，可在我心里，“求知”像是一条康庄大道，有着明确的目的和方向，“好奇”却是乡间小径，它可以通向四面八方，你走在小路上，无法预测下一眼看到的是山重水复还是柳暗花明。好奇的人不一定博闻强识，他可能不会条理清晰地给你分析局势，也很难在你陷入困境时为你出谋划策，但“好奇”本身就是一种对万物本真的爱，以至于被这份爱的荣光笼罩的所有人都能感受到那份善意与轻松。

我曾经有过一次糟糕的旅行经验。一次出差时先后经历了航班晚点、行李被弄丢、租的车半路爆胎、酒店弄错了预约信息以致无法入住等一连串暴击，我坐在快餐店怨气冲天，用手机跟各方沟通、协调，同事却忽然发出一声喜悦的低呼，我闻声看去，他正一脸兴奋地看着窗外一只小浣熊鬼鬼祟祟地在狗饭盒里偷吃。

我以为我会生气——都如此倒霉了，你还在为了这点小事这么高兴？我都急成这样了，你怎么什么也不做？可那种发自内心的好奇就像是迷境般吸引人，我也莫名其妙地凑了过去，旁观小浣熊智斗哈士奇。我们一起数清了小浣熊尾巴上到底有多少个圈，并花了一个多小时探讨浣熊吃狗粮会不会拉肚子。

当走出那家餐厅的时候，虽然我遇到的所有问题都还没有解决，但不知道为什么有点儿开心。不是为了增加谈资而去了解，不是为了学到什么知识而去关心，好奇的理由只有一个——因为它们在那里。我想，好奇的本质就是一种“看见”，它是一个生命被另一个生命打动，而允许自己被打动的人，一定是柔软且快乐的。

自己想通了，全世界都会为你绕路；自己画地为牢，便易万劫不复。

一切皆有可能

□陈　赛

哈佛大学的朗格教授热爱网球。年轻时，她摔断了脚踝，医生说她会瘸腿，再也不能打网球了；但现在她双腿健康，仍在打网球。30多年“可能性心理学”的实践，使这位心理学家将身体和心灵的控制权牢牢掌握在自己手里。她觉得世界上没有什么东西是她不敢尝试的。当别人告诉她“不”时，她一定会反问一句“为什么不”。她50多岁开始画画，现在她的画正在纽约最好的画廊里展出。

朗格年轻时经历了这样一件事：她在跑马场，有人请她帮忙照看一下马，因为他要去给马买一个热狗。她当时觉得这个人的脑子出问题了，马怎么会吃热狗呢？但当他拿着热狗回来时，那匹马真把热狗吃下去了。这给她很大震撼：马不吃肉的结论到底是怎么得出来的呢？多少马参与了测试？谁决定用哪些马？给马吃了什么肉？“马不吃肉”的结论背后本来附带了许多条件，但我们把它当成一个“绝对的真实”接受，然后再也不会去思考这个问题。

“当你对某件事不确定时，你会向可能性敞开，创造可能性……反之，如果你对某件事情很确定，就很容易陷入单一化思维，不再关注那些可能与之相反的信息。”朗格教授说。

一旦看清我们是如何自我束缚的，就会发现，人生中我们可以控制的部分，其实远远超出我们的想象。

别让大脑生锈，多吹吹思维的风。

献给灵感的颂歌

□［美］奥赞·瓦罗尔　苏　西/译

你好呀，我是一个灵感。上百万个变量汇集在一起，火花闪现之间，我诞生了。

我已经等待了好长时间，为的是在你脑海中浮现。我决定在今天早晨你淋浴的时候现身，在那个时段，通向你潜意识的通道是敞开的——但时间很短。

现在我来了，犹如你脑海中遥远的回声。我还不够清晰，不够响亮。我一闪即过。

我轻轻地推一推你。我是一个晶莹纤薄的气泡，从你的内心深处缓缓上升，浮现出来。

我敲敲你头脑里的门。砰！砰砰！我来了！你看见我没有？我带了礼物给你，一个你没留意到的好主意；一个深刻的见解，能够解决一直以来困扰你的问题；一个你一直没察觉到的机会。

可是，没人应门。你头脑里的声音太嘈杂了，你压根儿就没有听见我。你从淋浴喷头下走出来，擦干身体，伸手去拿手机。

气泡迸裂了，我永远消失了。

时间管理不是从省时间开始，而是在哪里花时间。

时间管理

□樊国宾

爱因斯坦曾经对周有光说：“一个人活到六七十岁，大概有13 年做工作，有17 年是业余时间，此外是吃饭、睡觉的时间。一个人能不能成才，关键在于如何利用你的17 年，一般能够利用业余时间的人就能成才。”这俩人的一生，都印证了这段话的精确。可见有了兴趣还不够，懂不懂时间管理很关键。周有光曾经希望在京都大学随河上肇先生学习金融，后曾在新华银行工作，再后来改行做语言文字研究，成为一代宗师，活到112 岁，闲暇时间真的没有虚度。

我们的对手，从来不是别人，而是自己。如果有什么必须战胜的，那就是过去的自己。

从骆驼到狮子再到孩子

□书　杰

德国哲学家尼采在《查拉图斯特拉如是说》一书中列举了精神的三段变化：“精神变为骆驼”“骆驼变为狮子”“狮子变成孩子”。尼采用类比的手法形象地刻画出精神在三个不同阶段的特点。

第一阶段是“精神变为骆驼”。

骆驼总是给人一种心甘情愿地背负重物、默默低头前行的印象，也就是说，骆驼处于被动的状态，总是听命于外界。

因此，“精神变为骆驼”意味着人处于被动接受外在命令的状态，遵循“你应该”的准则，这是人类生活的第一个阶段。

随着精神活动的发展，在沙漠深处，骆驼变成了一头狮子。狮子乃万兽之王，可比骆驼威猛有力。狮子身上有一种征服一切的欲望，要挣脱枷锁，摆脱传统价值观的束缚，追求自由。但骆驼如何能够变成狮子呢？当然要通过一场战斗——和沙漠中最后的统治者巨龙进行战斗。这条巨龙的名字叫“你应该”。

我们也可以把这条巨龙看作骆驼本质的化身。这场战斗其实是骆驼与自我的战斗。骆驼只有超越自身的“你应该”，才能够真正升级为一头狮子。

“我要”就是狮子的本质，是精神的第二个阶段。“我要”意味着从被动接受变为主动索要。

但我们要知道，狮子的作用仅仅在于打破旧世界，从“你应该”到“我要”，只是从被动地接受到发出一种主观信号，或者说此时已经有了一个内心的愿望，但还没有真正实现。于是，这就到了精神发展的第三次变化“从狮子变为孩子”，从“我要”变为“我是”。

精神发展的第三个阶段——“狮子变成孩子”。

为什么将第三阶段比喻为“孩子”？尼采说：“孩子是纯洁，是遗忘，是一个新的开始，一个游戏，一个自转的车轮，一个肇始的运动，一个神圣的肯定。”

孩子是具有可塑性的。孩子就像一张白纸，对所有可能性保持敞开状态。

孩子的状态是“我是”，这是一种新的价值观。“我是”意味着对当下状态持肯定的态度——对眼前处境无论好坏都全然接受，单纯地、满心喜悦地看待这个世界。只有在这种状态下，人们才能真正成为自己。

接下来，我们举一个例子理解“精神三变”。

童年时，父母对你说：“长大后，你应该成为一名钢琴家。”这是父母对你的期望。这时的你，还没有能力或者没有形成自己的价值判断，你的精神状态处在“骆驼”的阶段，只能默默地听着父母的话。

随着你逐渐长大，你开始有了对自我的认知。你发现你一点儿也不喜欢弹钢琴，自己真正的兴趣是踢足球，于是你内心有了一个“我要成为一名足球运动员”的愿望。

此时你的精神便走向了第二个阶段——“我要”成了主角。你从被动变为主动，你有了自己的愿望。但这时你成为一名足球运动员了吗？没有，你只是发出了这个呼声。那么，怎样才能成为一名真正的足球运动员？此时你的精神便要产生第三次改变，那就是走向“我是”——精神变为“孩子”。

你如孩子般纯洁，以一颗赤子之心去面对自己的梦想并付诸行动，坚持下去，这对你来说是一个新的开始。你不再受到传统价值观的束缚，不再听从父母的安排，你唯一听从的是你的内心。由此而来，你才真正创造了一个属于自己的世界，创造了一个属于自己的人生，你才成为真正的自己。

这就是尼采最为著名的“精神三变”理论：从骆驼到狮子再到孩子，从“你应该”到“我要”再到“我是”。这里面隐含了极强的自我超越性。人只有不断超越自我才能发现未知的自己，挖掘出自身的潜能。

有学问，然后有先见；有先见，然后能力行。

孔子的现代意识

□曾德凤

近期仔细品读《论语》，我有一个惊人的发现，那就是，孔子是一个超前的人，非常具有现代意识。

谈到择业，孔子对学生说，如果能够快速致富，给人执鞭开道这类卑微的差事，我也很愿意去做。（《论语·述而》中记载，子曰：“富而可求也，虽执鞭之士，吾亦为之。”）现代大富豪中，做看似平常行当的不少：做矿泉水生意的钟睒睒，做到了中国首富；北大“屠夫”陆步轩，杀猪杀出了一条财路，成了亿万富翁。其实，对于商人来说，行业无贵贱之分，那些看似层次不高的行业，涉足的人相对较少，竞争不激烈时，更容易致富。孔子和某些独具眼光的现代商人一样，富有经济头脑。

子贡问孔子，这块美玉，是把它放在柜子里收藏起来呢，还是拿出去卖了？孔子说，卖！卖！我等着识货的人出高价来买。（《论语·子罕》中记载，子贡曰：“有美玉于斯，韫椟而藏诸？求善贾而沽诸？”子曰：“沽之哉！沽之哉！我待贾者也。”）孔子知道，美玉藏在柜子里不进入市场，就是个死物，生不出更多的钱来。玉只有作为商品进入市场，变成钱，才能充分发挥出它的价值。

孔子说，只要他们提着十条干肉来求教于我，我都是有问必答。（《论语·述而》中记载，子曰：“自行束脩以上，吾未尝无诲焉。”）在孔子那个时代，大大方方地谈报酬，是有可能被人耻笑的，孔子则没有这种观念。也许孔子在想，我做老师，出卖知识，你提干肉来购买知识，这如同农户以谷物换盐巴一样，交易是很公平的。

孔子用鱼竿钓鱼，而不拉网捕鱼；射鸟，而不射已经归巢栖息的鸟。（《论语·述而》记载：“子钓而不纲，弋不射宿。”）这些行为，与现代人提出的“动物福利”暗合。“动物福利”的内容之一，便是尊重动物自然繁衍的规律，减少它们

的焦虑。一个小鱼塘，如果时不时用大网去捕鱼，鱼会被捕光，到时，不但再也捕不到鱼，就是钓，也是望穿秋水而不得了。只钓鱼，不至于破坏鱼塘的自然生态。不射已经归巢栖息之鸟，也体现了人对动物的尊重。

孔子不吃不合时令的蔬菜。（《论语·乡党》记载：“不时，不食。”）现代有些人不喜欢吃不合时令的蔬菜，觉得那有可能是大棚菜，施用了过多的化肥、农药，以及一些生长激素。生活经验和现代科学研究都表明，反季节作物口感和营养大多比不上自然生长的。

孔子提倡吃饭时不要交谈，睡觉前不要侃侃而谈。（《论语·乡党》记载：“食不语，寝不言。”）现代科学研究表明，边吃饭边交谈，就不能做到细嚼慢咽，也做不到让血液更多地流向胃里，这对消化系统不好。睡觉前长篇大论，容易导致兴奋，不易入睡，严重的还可能导致失眠。孔子的经验，不知是如何发现并总结出来的。

颜回死了，孔子的学生想要厚葬他。孔子说，没有那个必要。但学生们还是厚葬了颜回。孔子对人说，颜回把我当父亲，而我却没能把他当儿子，遵照他的意愿丧事从简。不是我要这样，是那些学生背着我干的。（《论语·先进》中记载，颜渊死，门人欲厚葬之。子曰：“不可。”门人厚葬之。子曰：“回也视予犹父也，予不得视犹子也。非我也，夫二三子也。”）看来，孔子乃提倡薄葬的先行者。

孔子病重，子路请求向鬼神祈祷。孔子说，有这样的事吗？子路说，有的。我祈祷天地神灵保佑您。孔子说，我已经祈祷好久了，没用。（《论语·述而》中记载，子疾病，子路请祷。子曰：“有诸？”子路对曰：“有之。《诔》曰：‘祷尔于上下神祇。’”子曰：“丘之祷久矣。”）孔子居然这么现代，根本就不信鬼神。

“是魔是妖我自己说了才算。”

可怕的“标签”

□岑　嵘

在小说《围城》中，三间大学的每个教师都有一个标签。当方鸿渐第一次听到自己的标签后，“又惊又气”。

标签无处不在，这些标签对一个人的影响甚至会超出你的想象。

经济学家熊秉元说，贴标签也有积极正面的含义：对人和事物迅速形成初步和表面的印象，可以大幅度降低行为的成本。当你听说你的相亲对象是“花花公子”时，大概率会拒绝这次相亲；当你听说某人“非常自私”时，也会尽量避免和此人合作。这时的标签就节省了我们的行为成本。

但标签的危害也是显而易见的，一旦我们对人使用标签，就很容易简化事物，产生判断偏差。

美国心理学家哈罗德·凯利曾经做过一个实验，他要求学生在下课后对新任课老师做出评价。学生们事先都拿到了新老师的个人简介。其中一部分学生收到的简介中重点描述了新老师的心地善良，而另一部分学生收到的简介中则重点描述了新老师的冷静沉稳。这是简介中唯一的区别。

收到“新老师心地善良”简介的学生给出的评价更为积极；而拿到“新老师冷静沉稳”简介的学生则认为这位老师自我封闭，而且有距离感。事实上，这些学生身处同一课堂，但这点信息差异就已经足够影响学生对新老师的评价了。

我们得到一个标签时，就会不自觉地戴上一副有色眼镜，而不再关注那些虽然

重要但没在你划定范畴内的信息了。

NBA（美国职业篮球联赛）选秀是一年一度的NBA球队挑选新球员的盛会。美国经济学家巴里·斯托等人研究了NBA选秀结果对篮球运动员职业生涯的影响，并深入观察了241位篮球运动员在NBA球场上的得分数据。通过数据分析发现，教练实际上是依照球员在选秀中的排名情况来安排球员的出场时间的。选秀排名是教练评价球员的重要指标，它成为一种标签，教练根据它将球员评定为“顶尖的”或者“差劲的”。那些选秀排名靠后的球员尽管可能在场上表现积极，并拿下很多分数，但“差劲的”这个标签会一直伴随着他们，因此上场的机会会更少。那些排名靠前有着“顶尖的”标签的球员，无论表现如何，都有更多的机会上场。这种标签会一直跟随球员，影响长达5年。

标签不但会影响甚至扭曲他人对被贴标签者的评价，也会改变自己对自己的认识。

经济学家卡拉·霍夫等人研究了印度的种姓制度和传统思维的不利影响，他们进行了一个实验。实验对象要解答迷宫难题，如果他们解出了所有的题，就可以获得丰厚的货币奖励。低种姓和高种姓的人在实验中的表现并没有大的差别。但当实验中用姓氏来点名时，差异就出现了——在印度，一个人的姓氏体现出他的种姓。只要实验对象在公众场合听到有人大声念他们的姓氏，他们的自我标签就开始起作用了，相对于高种姓的实验对象，低种姓的实验对象解决迷宫难题的数量减少了23%。即使成功解题可以获得丰厚奖励，也不能改变这一情况。

我们在避免通过标签来评价一个人的同时，也要努力撕掉身上的负面标签，给自己贴上积极的标签，或以某种标签为目标，重新塑造自己。诺贝尔经济学奖得主阿克尔洛夫说：“一个人一旦给自己贴上某种标签（真实和想象的某种组合），就会在言谈举止各方面来根据这种标签取舍，努力成为这样的人。”

培养一流人才，从鼓励年轻人发现有价值的重要问题开始。

能否听出鼓的面积

□丘成桐

好的问题让人豁然开朗。思考这个问题本身，能发展出一系列的想法，催生出一系列文章。无论最终是否解决，仅仅推敲、研究这个问题的过程就很重要。好的问题通常是简洁、漂亮的。解决了它，其所在领域里的许多问题可能都会随之解决，就像长江里面有一块巨石，将巨石挪开，水流就会顿时变得顺畅。

我要举例的第一个问题，是关于声音和几何的关系——能否听出鼓的面积。古希腊时期，人类就认识到声音由一些基本音组合而成。无论是弹钢琴还是打鼓，敲击会产生不同频率的波动，发出声音。波动由多个基本波组合而来，每个基本波都有固定的频率，频率则可由鼓的谱计算得到。著名几何学家博赫纳提过一个问题：我们能否听出鼓的形状？这一问题的思想背景可以追溯至1910年。当时，量子力学刚萌芽，物理学家洛伦兹提出：是否可以通过鼓声的谱和频率估算鼓的面积？德国数学家希尔伯特对这个问题很感兴趣，但认为它太难。但一年后，希尔伯特的学生外尔就把问题解决了。外尔认为，谱越来越高，按照量子力学的观念，即谱的观念可以推测到局部的几何变化，从而推导出外尔方程。这个方程，对今天的数学仍然有重要的影响。外尔的思路和方法还可以向前追溯。欧拉花了很多工夫研究，发展出重要的泛函方程。黎曼将其推广，写下了著名的黎曼函数。这个划时代的工作，影响了数论的发展。外尔又推广黎曼函数的思想到一般的空间，用以研究“听鼓声估算面积”这一问题，并最终解决。

能否听出鼓的面积——这个问题由洛伦兹从物理现象出发而提出，最终由外尔解决。这个问题简洁、自然且有趣，而其解决问题的方法最终引发了几何学上不少重要的进展。

我想说的第二个问题也很有趣——关于极小曲面的猜想。我们生活中可以看到很多极小曲面。比如，在盛有肥皂水的盆里，将铁线放在水中提拉出来，形成的薄薄的肥皂膜，就是极小曲面。而在实验中，我们可以构造更多不同形象的极小曲面。几何学家热衷于了解它们的性质。1977年，我提出一个问题：如何能找到所有完备没有边界的极小曲面？经过40年的努力，我的同学米克斯已经基本解决了这个问题。

我的第一个猜想更困难，到现在还没全部解决。我提出，可不可以找到三维球中所有紧致极小曲面？我的朋友劳森构造出一些有趣的例子，被称作劳森曲面。假如将这个曲面放在四维空间的单位球里，然后从圆心取直线和这个曲面的每一个点连接起来可得到一个三维锥，即一个三维极小流形。后来这成为广义相对论中描述时空的重要工具。

举这些例子，我是想说，数学是很奇妙的学问，它是一门讲推理、讲规则的学问，通过比较不同的规则和思想，就可以得到有意义的猜想，这其实是数学研究中的惯用手法。所以我常说，数学中也有“赋、比、兴”。所谓“比”，即用不同的景物类比，比如杨柳代表离别或者美人的腰肢，这缘于柳条细而柔所作的类比，是数学中常用的手段。数学研究者们应该考虑这个思路，不能只做题目，不能看到数字就是数字，看到方程就是方程，它们之间其实是可以比较、可以关联的。

思维，只是一道限制你的墙。

天才的口气

□莫幼群

我平日爱收集一些狂人狂语，读起来有一种快感，就仿佛是吹出硕大泡泡糖的小孩，觉得世界尽在自己掌握中了。

据梁实秋回忆，那时梁启超去大学演讲，开场白往往是两句话，头一句是：“启超没有什么学问——”然后眼睛向上一翻，轻轻点一下头：“可是也有一点喽！”真是见过谦虚的，但没见过这么谦虚的。

章太炎素有“章疯子”之称。一次他上街买书，回去时叫了一辆三轮车，但始终说不出自己的住所在哪里，想必是忘了。于是他只好告诉车夫：“我是章太炎，人称‘章疯子’，上海人个个都知道我的住所，你难道不知道吗？”车夫摇摇头，只能把他拉回原处。

叔本华一向以狂著称，但最不买他账的就是他的母亲。其母倒也不是凡角，而是19世纪末期德国文坛十分走红的女作家，地位大约与今天的池莉相当。她从来就不相信儿子会成为名人，主要是因为她不相信一家会出两个天才。

两个人最终决裂，叔本华愤而搬出了母亲的家，临走前他对母亲说道：“你在历史上将因我而被人们记住。”狂语后来果真变成现实。

叔本华的弟子尼采继承了老师的这种狂劲，在论证“上帝死了”时，尼采说：“世界上没有上帝，如果有，我无法忍受不成为上帝。”狂中带有几分无厘头味道。

至于莫扎特，大家都知道他是个天才，他自己也不否认这一点，因此骄傲成了他天性中极强烈的情绪，当时就有人认为他“浑身上下都是骄傲”。莫扎特喜欢收集人家恭维他的话，详详细细地在给别人的信里报告。这不免显得有几分孩子气。

他在一封信中这样说：“高尼兹亲王对大公爵提起我的时候，说这样的人世界上一百年只能出现一个。”其实，照今天的标准来看，他的自我评价实在过于谦虚。

说到莫扎特，不能不提另一个大音乐家威尔第。威尔第年轻时十分狂放，所有前辈都不被他放在眼里，但随着年龄的增加，他认识到了自己的局限。他曾有如下一番妙论：“二十岁时，我只说我；三十岁时，我改说我和莫扎特；四十岁时，我说莫扎特和我；而五十岁以后我只说莫扎特了。”

这实际上也反映了许多年少狂人的共同心态，年轻时常发狂语，其中一个目的就是标新立异，吸引看客；年长出名之后，反倒诚惶诚恐起来，有了一点儿历史的眼光，觉得在浩瀚的历史和广袤的宇宙中，个人永远只是一个“虎克的小点”，如何给自己在人类精神创造史上一个恰当的定位，是难上加难的，当然就不免陷入无边的困惑之中。

就连著名的狂人叔本华也不例外。一日，他在花园里凝视着花朵发呆，园丁走过来问他：“你是谁呀？干吗待在这里？”叔本华回答：“如果你能告诉我我是谁，我将不胜感激。”

行动力指南

一天中有最适合学习的4个黄金时间段

清晨起床后：大脑经过一夜的休息，消除了前一天的疲劳，处于新的活动状态，清醒得很。此时，无论认字还是记忆，印象都会很清晰。

上午8时至10时：此时人的精力充沛，大脑容易兴奋，思考能力最佳。此时是攻克难题的大好时机，应充分利用。

下午6时至晚上8时：这也是用脑的最佳时间。不少人利用这段时间来复习，加深印象，归纳整理笔记。

入睡前1小时：利用这段时间来加深印象，特别是针对一些难以记忆的东西加以复习，更不容易忘记。当然，这是人类的一般性学习时间规律，对于不同的孩子来说，还有独特的学习时间规律。

勇于超越自我者，才能得到最后的奖杯。

险境与机遇

□鲍海英

在非洲丛林深处，至今还生存着一些相当古朴的族人。西布罗族人就生活在南非的沙比亚丛林，他们几乎与外界隔绝。

在那片广袤的沙比亚丛林里，很早以前，除西布罗族人外，还生活着另外两个部落。那里野兽成群，这三个部落常受到野兽的威胁与伤害。

其中一个部落，每当野兽来袭时，部落里的人没有不拼命逃跑的，可他们根本跑不过豺狼狗熊这些长足迅捷的野兽。然而，每当野兽来袭，他们还是选择奔跑逃命，因为他们中绝大多数人认为，只要自己能跑在前面，至少能够逃过一劫。这种以牺牲跑得慢的族人为代价换取一时苟安的思想，最终导致这个部落的人从沙比亚丛林彻底消失了。

还有一个部落的人似乎更糊涂，面对野兽的入侵，他们往往藏匿在树丛中，尽管也能侥幸躲过，可许多人是躲得了一时却躲不过一世。久而久之，这个部落的人也尽为野兽的腹中之物。

西布罗族人最初也与这两个部落的人一样，但慢慢地，他们得到一些启示，并从中吸取了一些教训，寻求到了一种对付野兽的行之有效的办法。原来丛林中有一块湿地，他们把湿地搞成了陷阱。他们逃跑时就往湿地方向奔去。在到了湿地边沿时，他们会忽地转一个弯儿。那些狂奔猛赶的野兽，因自身极大的惯性，往往一下子就冲进了泥沼中。等待它们的当然只能是死亡或被捕获。

后来，西布罗族人发现，与其让这些野兽烂在泥沼中死亡，不如趁其新鲜，弄出来作为食物。但是怎么靠近它们呢？有人想到了将树枝捆扎起来，搁置在泥面上……后来，西布罗族人索性在定居地的不远处铺上厚厚一层胶泥，让这些胶泥面积达到一亩左右，然后在上面放上一只鸡或是一只兔。

凡是那些爱吃肉的动物，只要它们来到丛林，没有不被兔子或鸡吸引而一步步走入泥沼的。它们开始也会挣扎，可越是挣扎陷得越深。陷入被动的动物会引来更大的食肉动物。几天之后，泥沼中就会有许多不能逃跑的猎物。这时，西布罗族人抬来一块块木板，铺在胶泥上，将猎物一一收入囊中。就这样，西布罗族人完成了由猎物到猎人的角色转换。他们的命运，也从以前被猛兽追杀，转变为捕杀猎物，他们由此获得了在沙比亚丛林生存下来的权利。

西布罗族人生存下来的道理启示我们：身处险境，要积极应对。当你身临险境时，若总是被动地逃命，你逃命的本能，可能会让你死无葬身之地。相反，一个险境来临，常常也是机遇来临。只要审时度势，抓住机遇，你就会扭转乾坤，掌握全局。

人的一生分两季，努力就是旺季，不努力就是淡季。

石头和砖头

□高　腾

古代一位有名的智者周游四方时，偶遇一位过百岁的老翁。

老翁得意地说：“说实在话，我这一生一直游手好闲，轻松度日。与我同龄的人都已逝去，他们开垦百亩沃田却没有一席之地，修了万里长城而未享辚辚华盖，建了四舍屋宇却葬身于荒野孤坟。而我呢，虽一生不稼不穑，没有置过片砖只瓦，却不愁衣食住行。先生，我是否可以嘲笑他们劳作一生，只为自己换得早逝呢？”

智者轻笑，吩咐身边的人：“请找一块砖头和一块石头来。”

智者将砖头和石头放在老翁面前说：“如果只能择其一，请问您是要砖头还是愿意取石头？”

老翁不假思索地说：“我当然取砖头。”

智者抚须笑问老翁：“为何？”

老翁指着石头说：“这石头没棱没角，取它何用？而砖头却用得着呢。”

问周围的人，众人都说取砖而不取石，智者复问老翁：“是石头寿命长呢，还是砖头寿命长？”老翁说：“当然是石头了。”

智者笑着说：“石头寿命长，人们却不选择它；砖头寿命短，人们却选择它。不过是有用和没用罢了。天地万物莫不如此。”

老翁顿然大悟。

生命只有一次，人活着不是为了吃饭，而是要追寻生命的价值。只有发奋地去追求、拼搏，你的人生才不会黯淡无光，你的青春才不会就此凋零，灿烂的生命之花只为那些不懈追寻的人而绽放。

聪明的人，不仅善于用力，更善于“借力”。

蚁狮的生存密码

□赵盛基

蚁狮，一个强悍的名字，听起来像猛兽，其实不过是体长只有两三厘米的小昆虫。而且，除了交配，它有腿懒得走，有翅懒得飞，几乎一生都把自己埋在地表下面生活。

蚁狮喜欢沙地，善于在沙地上做窝。它用腹部当犁，将身下的沙土犁松，用头部拱起犁松的沙粒挖坑，两只镰刀似的大颚像弹弓一样将大颗沙粒抛出坑外，只留下流动性强的细沙粒。经过无数遍的修整，一个深约5厘米、口径约7厘米的漏斗状沙坑就形成了。然后，蚁狮遁于坑底的沙里，只将两只大颚的前端留在外面。这个陡峭、光滑的沙坑就成了它的居所。殊不知，这还是它精心打造的陷阱。此时，它正等待着蚂蚁或者其他小昆虫的到来。等待的过程有时很短，有时很漫长，需要几天时间甚至更长。不管多长，蚁狮都有足够的耐心。

一只蚂蚁向陷阱走来，危在旦夕它浑然不知，但蚁狮凭着自身的传感器在10米外就能感应到有猎物到来，它正严阵以待。

不知危险的蚂蚁来到陷阱口，触动了沙粒，沙粒开始自上而下流动起来。流沙将它带到了坑底，蚁狮迅速启动大颚，但一下没有抓住，蚂蚁回头向上爬去。蚁狮并不追赶，只是在沙里拱动沙粒。结果，坑壁沙粒下流，蚂蚁又滑到了坑底。这次它没那么幸运，被蚁狮的大颚钳住了，蚁狮向其体内注入了麻醉剂。蚂蚁不动了，蚁狮并不吃它的肉身，只是吸食它的体液，直至将它榨干。

一场无声的杀戮，几乎在瞬间就结束了。蚁狮打扫战场，清理掉带有血腥气息、被吸干了体液的蚂蚁躯壳，开始打造新的陷阱，等待下一个猎物的到来。

整个过程看来，蚁狮的聪明之处在于，它懂得利用自然现象，让流沙助自己一臂之力。

这是蚁狮成功的关键，也是它的生存密码。有时候，单凭一己之力往往劳而无功，而得到别人的一臂之力往往事半功倍。

超越时代的智慧与思维，照亮我们的前行之路。

司马迁的空间智慧

□王鼎杰

提到中国历史上在地理开拓方面的典型人物，第一个要说的，肯定是大禹。

说到大禹，你一定会想到“治水”。没错，大禹治水的英雄形象可以说是深入人心。但在《史记》里，大禹治水的历史只占了很小一部分，司马迁花了大量笔墨写的，恰恰是大禹对地理的开拓和天下九州的划分。在我看来，大禹不仅仅是个治水英雄，更是中国历史上第一个进行全面深入地理调查和地理资源开发的领导人。

按照司马迁的记载，大禹是黄帝的玄孙，在舜帝时期奉命治理洪水，他无私奉献，“过家门不敢入”。在治水的过程中，大禹历尽千辛万苦，深入山地、江河、沼泽等多种地理环境。他借助各种各样的工具，逢山开路，遇水搭桥。

最终，大禹成功克服了地势地形带来的阻碍，用13年时间解决了自尧帝时期以来的洪水灾害。但治水只是一个开始，大禹紧接着对他走过的地方进行了全面而深入的地理调查。

他探明了重要山脉的走势、重要河流的源头和河道变化，以及重要的湖泊、沼泽分布。与此同时，还将各地的土壤颜色、质量、特殊物产等信息都列入调查范围，并且根据这些信息对土壤土质进行了上、中、下的等级划分。

此外，大禹按照勘查收集到的地理信息，将中华地域划分成9个大的行政区（冀州、兖州、青州、徐州、扬州、荆州、豫州、梁州、雍州），明确了每个州都需向中央政府交纳赋税，以及中央对地方的责任，比如治理洪水、兴修水利工程、遇到灾荒时跨地区进行救灾物资的调度。

从此，九州都由同一个中央负责，人们居住的范围也以此为基础，不断向四方延展、开拓。这就是司马迁所说的“九州攸同，四奥既居”。

这个过程，《史记》的记载非常详细。大禹的历史，不仅仅是一个过家门不入、无私奉献的道德教化故事，更是一个早期文明中个体对地理深入探索、开拓的艰难过程。通过大禹的调查，华夏世界的疆域格局第一次清晰地展现在我们面前。

其实，司马迁就是一个非常重视地理调查、具备空间智慧的人。他走遍了中国的大江南北，对黄土高原、华北平原、东南丘陵、云贵高原以及沿海地区进行广泛的调查和深入思考后，才动笔写《史记》。所以，在《史记》中，你不仅会看到刘邦君臣根据地理信息争论都城选址问题的过程，还会看到司马迁从地理多样性的角度探讨经济多样性的思维方式。比如，司马迁在《货殖列传》里，就根据地理特性把全国分成若干个经济区，他还明确指出，地理环境的不同造就了物产的不同，而不同物产的交易流通，能够极大地促进社会的繁荣。

无论放在哪个时代，司马迁对地理重要性的洞察和判断都是非常厉害的，也正是从司马迁构建的这个宏大的空间视野之中，我们看到了对历史的另一种读法。

不仅是《史记》，在《周易》《周礼》等早期经典中，也有中国古人对山川地理的丰富记载。春秋时期的《孙子兵法》更是全世界最早、最深入探讨地理和战争关系的著作。至战国时代，邹衍提出著名的“大小九州”理论，提出天下共分为九个大州，每个大州又分为九个小州，而大禹划定的九州，合起来只是一个小州。

正是有了这个认识，后来的人们对未知世界充满了好奇，向外探索的脚步从未停止：西汉汉武帝为了联合乌孙共击匈奴，派出张骞使团；东汉汉和帝为了寻找罗马帝国，派出甘英使团。

可惜到了中国古代社会的后期，这种空间思维，或者说这种对未知世界的好奇心越来越弱，人们失去了地理探索和开拓的渴望。结果是，明代的中国虽然在造船技术和航海技术上一度领先全球，但最终还是与大航海、全球贸易擦肩而过。

随着科技的进步，人类的空间探索从海洋扩展到天空、太空，乃至虚拟空间。时至今日，我们要学会从世界看中国，更要学会从空间读历史。

人类是地球上最强大的生物，千万不要小看了自己。

它智商逆天，却无法称霸地球

□花　螺

日常生活中，章鱼总以美食的形象出现，是餐桌上一种口感独特、味道鲜美的海鲜。部分人还因分不清章鱼、鱿鱼和乌贼而误入隔壁的铁板鱿鱼摊位。其实，要区分这“软氏三兄弟”，只需数一数它们的触手，因为章鱼只有8条腕，而鱿鱼、乌贼都有10条。

然而，当我们从美食频道切换到科学频道，就会发现章鱼令人“细思恐极”的另一面——它是智商超高的海洋大佬！

过往许多事例表明，章鱼拥有超乎寻常的智商。著名的“章鱼保罗”，就曾凭借正确“预测”出世界杯球赛结果而闻名世界。科学家对章鱼进行过镜子自我认知测试，章鱼可以轻松通过。另外，也有海洋馆员工发现，章鱼会刻意避开人去搞破坏。新西兰的一只章鱼甚至能够观察地形、规划路线，最后成功从水族馆“越狱”。章鱼还能够使用工具打开贝壳，模仿人类拧开食物罐子，甚至能辨别出不同的人。

章鱼的“聪明”，很大程度上源于其独特的生理结构，它有3颗心脏、9个大脑、5亿个神经元和2套记忆系统。其中1个大脑位于头部，其余8个则分布在8条腕上，这使得章鱼能够灵活操控腕，进行多线程作业。同时，这样的神经构造也使章鱼能够进行复杂化的模仿、思考并处理问题，甚至拟态成其他生物来躲避危险。

章鱼的基因也格外丰富，约有3.3万个，远超人类。章鱼能通过编辑自己的基因

来学习新技能，从而为发展更高智力提供了可能。章鱼体内含有多达168种原钙黏蛋白，数量是脊椎动物的两倍以上，这种蛋白能够参与大脑环路的构建，一直被认为是脊椎动物聪明的关键。

可以说，章鱼是最聪明的无脊椎动物之一，智力轻松压制大部分海洋生物，甚至超越部分哺乳动物。或许正因如此，在从古至今的神话传说中，章鱼被人们赋予了智慧，比如北欧传说中的海妖克拉肯、克苏鲁神话中的旧日支配者，都融合了章鱼的形象。

近几年，有一种说法称，在智力上章鱼是最有可能取代人类、进而诞生全新文明的物种。那一天真的会到来吗？目前看来，绝无可能。

事实上，章鱼体内存在着天然的“基因锁”，关住了它们向高阶文明飞跃的可能性。

首先，章鱼的寿命十分短暂，通常在3～5年，终其一生只繁殖一次。除了在繁殖期聚集，章鱼一般喜欢独处。在交配和产卵后，雄性和雌性章鱼的活力降低，摄食减少，主要靠消耗身体养分来维持新陈代谢，进而肌肉萎缩衰老，最终很快走向死亡。这意味着，它们学习到的技能和知识无法传递给下一代，也很难在群体中进行传播。新生的章鱼需要从头学起，这无疑限制了社会行为的复杂化进程，扼杀了“章鱼文明”脆弱的萌芽。

其次，章鱼乃至它所在的头足纲生物都是由远古的海洋生物进化而来的，在低盐度的环境会死亡，无法迁徙至淡水或登上陆地定居，这是章鱼身上的又一重“基因锁”。

最后，章鱼虽然具有很高的基因编辑效率，但为了保留大量的RNA重编码位点，编辑位点周围区域的突变率会被严重抑制，进而限制一定的基因进化速度。

在重重“基因锁”的限制之下，章鱼至今还没有找到解开束缚的密钥。章鱼上岸统治人类、建立章鱼帝国的景象，只能存在于科幻电影中了。

珍惜时光吧，大好青春莫辜负。

如果地球缺氧五秒钟

□欧阳晨煜

如果地球缺氧五秒钟，那世界会发生什么？

你或许会不以为然，因为在泳池内搏击水花的时候，你已经多次连续憋气超过五秒钟，这只是一项游泳者必备的基本技能。然而，如果整个地球上的事物同时屏气五秒钟，接受缺氧的挑战，世界会发生什么呢？

地球缺氧第一秒，氧气就将它的“隐身术”发挥到了极致，平日里高大巍峨的建筑们纷纷感到了四肢无力的不适，极有“何意百炼钢，化为绕指柔”的趋势。还来不及思考，无论是饱经风霜、见多识广的迪拜塔，还是经久实用、生活味十足的居民楼，均发生了闻所未闻的急症：转瞬间，轰然倒塌，碎为土渣。人们所心仪的华美商厦在顷刻间化为松散的土灰，只存留最原始的形式。这一切都是由于氧气是混凝土的特殊黏合剂，且许多的材料，比如木材、玻璃、石材等都含有或由氧基化合物组成。没有了氧气，这些化合物就会被割裂为一个个没有联系的元素，成为平面的化学符号，失去游动组合的奇妙能力。

这一秒，所有凝固的艺术将不复存在。假若要估算这一秒内的损失，从远古到现代，整个人类世界的建筑文明将一起消失。

地球缺氧第二秒，由于可以抵御紫外线的臭氧层彻底消失，大量有害的太阳辐射直达地表，人们将不可避免地遭受伤害。没有氧气，猛烈的日晒会使地球格外炎热。这一秒，太阳强烈照射将彻底改变人们对光明的美好印象，它不再像往日一样温暖舒服。

前两秒的体验，将人们赖以生存的坚硬外壳和对温柔暖阳的印象摧毁殆尽。氧气的隐身体验，却不甘心只停留在“身外之物”上，它大胆肆意地来到人们的体内。在地球失去氧气的三秒后，大气压开始剧烈变化，并降低21%左右，气压骤降的猛烈程度相当于从大海表面瞬间潜到2000米的深海。由于人类的身体根本没有足够的时间去适应这种变化，所以我们的内耳鼓膜会随之爆炸，并丧失听觉。

这一秒的体验，最为切身。它产生了威胁的意味，将自然的力量膨胀至极，夺去了人们享受已久的听觉盛宴。

当经历了前三秒后，你会迫不及待地想要逃离这颠覆的世界。然而，氧气早已料到了一切，它来到可以短时间内让人们移步换景的交通领域。一辆缺氧的汽车，在地球失去氧气四秒后，内燃机会停止工作，紧接着数百万辆汽车失去动力，所有飞机会提前迫降，任何非电动的运输方式都将彻底瘫痪。这一秒，生活秩序彻底瘫痪，人类赖以骄傲的发明创造一下子失去动力。不得不说，这一秒将使科技倒退，千百年来所有改变出行方式的努力，将功亏一篑。

地球缺氧的第五秒，竟实现了科幻电影中满目疮痍的世界末日。受空中反射物减少的影响，天空逐渐变暗，整个世界陷入一片混沌黑暗。而这，仅是序曲，紧接着地表的崩陷，才是末日紧锣密鼓的宣告。地球失去氧气五秒后，由48%氧元素所构成的地壳，会破碎、裂开直至完全崩塌，数以亿计的人将开始“自由落体”，陷于尘土的重压之下，并陆续跌落到地球的核心深处。

短暂的五秒钟时间，地球上的一切，都荡然无存。

你是否忽然感到，这短促的五秒钟似乎比自己的一生还要漫长？的确，它吞噬了整个人类文明，所谓的历史，也不过是点缀灾难的甜点。这五秒的毁灭，是生物和非生物共同的厄运和瓦解。它将生命这条庞大的河流压缩为一管狭窄的喉咙，从中穿过和流淌的，不仅是人类引以为傲的沉积的智慧，还有整个地球46亿年充斥着孤独和热闹的全部历程。

经过这个假想实验，你不会再轻视五秒钟的力量和价值。因为仅仅短暂失去了一种最常见的元素，我们日常生活中的五秒钟就被拓展到了整个人类文明之中，由稀松平常的五秒变成了刻骨铭心的五秒。而人类，只是宇宙中的一种生命形式，在地球46亿年漫长又神秘的岁月里，也只是沧海一粟、恒河一沙。所以，珍视每一个五秒钟吧，即使是一次擦肩而过，也是生命相遇的宝贵体验。

奇妙的邂逅，梦幻的早晨。

獾的造访

□林以昼

01

每天清晨，莎莉都会趴在床上，呆呆地往窗外看，幻想着：门外如果不能有一头熊，那么来一只梅花鹿，或者别的动物也是可以的。

从十一岁到十三岁，七百多个日夜，莎莉的个子长高了十一厘米，体重增加了十六斤。但她爱幻想的习惯，怎么都改不掉。

尽管很久之前，妈妈就让莎莉别看太多童话书，觉得这会耽误学习，也容易使她胡思乱想。但莎莉不肯改，尤其是幻想，这已是她生活中不可或缺的乐趣，虽然暂时只能停留在脑海中，但她依旧期待某天会有惊喜降临。

待闹钟准时响过三遍之后，莎莉才缓缓穿衣服起床。

这个早晨，一切看上去和往常并无不同，客厅里依旧空荡荡的，没人在家，桌上摆放着妈妈准备好的早餐。莎莉凑过去一看，是面包和牛奶。准备去洗漱时无意中看了眼窗外，她发现，居然下起了大雪，眼前的世界一片白茫茫。

莎莉有些兴奋，赶紧加快动作。要知道，每次下大雪路都很不好走，如果不快些搞定，待会儿她上学就会迟到。

收拾完准备出门的时候，她遇到了一只獾。一只深灰色的獾立在她家门前，头顶三道白色花纹，小小的耳朵立着，圆溜溜的两只眼睛正平静地看着她。

寒风呼啸，雪花从高空落下，铺满了远远近近的大地。莎莉揉了揉眼睛，确定自己没有眼花，也不是出现了幻觉。

02

“嘿，早上好啊，小姑娘。”獾先生毫不见外地打了声招呼。

接着，没等莎莉喊他进门，他就抖搂掉背上的雪，无视莎莉的诧异，绕过她径直坐到了客厅的沙发上，还夸张地吐了一口气：“真舒服啊，果然是人类的屋子，不像我家，连个像样的取暖设备都没有。”

说着，没等莎莉做出回应，獾先生又搓了搓手：“如果这时有份冒着热气的食物摆在我面前，那就更好了。”他解释说，这个冬天实在太冷了，原本正在冬眠的他被冻醒，加上太久没吃东西，饿得实在受不了，所以想出来找点食物。

莎莉是个善良的姑娘，当然不会让獾先生忍饥受饿。而且，鉴于獾先生闪亮的牙齿，她也不敢拒绝。然而临近年底，妈妈为了多赚些钱，早上天没亮就出去上班了。眼下没人做饭，莎莉只好自己动手。她打开冰箱，发现刚好有一个妈妈已经和好的面团，还有一盆拌好的肉馅儿，莎莉想，那就做个肉饼吧。

辛苦忙活了半个小时，莎莉将一摞烤得半煳的肉饼放在獾先生的面前。獾先生才吃了两口，竟然开始落泪，抽噎着说：“竟然和我妈妈做的毫无差别。”莎莉十分意外，她没想到自己的厨艺这么棒，顿时有些羞赧：“谢谢你的喜欢，其实……其实这才是我第三次下厨。”

獾先生抽出纸巾擦干泪水，点点头：“看得出来，确实像初学者，不然怎么会和我妈妈做的一样难吃呢。”

莎莉呆住了，她想对獾先生说一句：“请问您这样说礼貌吗？”

只是莎莉眼下有些着急，她一边等待獾先生吃完东西，一边不时看向墙上的钟表，默默计算待会儿自己要以什么样的速度往学校跑才不会迟到。

獾先生注意到了她的不安，问她是不是着急出门。莎莉难为情地点点头。獾先生这才快速吃完，一边跟着莎莉出门，一边责备道：“你应该早些和我说的，不然我还以为你今天没什么事情呢。”

周五当然要上学啊，又不是寒假。不过莎莉来不及反驳獾先生的话，她只知道疯狂地往学校跑，可最终还是迟到了十五分钟。

“莎莉，今天怎么迟到了？”老师满脸严肃。

“对不起，我起……起晚了。”莎莉原本想实话实说，但这未免太过荒唐，老师才不会相信她一大早遇到了一只獾，还亲自做了肉饼招待对方。都怪那位挑剔的獾先生，浪费那么多时间，不然自己也不会迟到。

你的身上具备怎样的性格优势

每种动物都具有不同的可爱特质，从下图四种动物中，选出自己喜欢的那只，看看你的性格优点吧！

A.待人温和

你虽然具有内向的一面，但是你的心态平和，能够由内而外散发着亲和的气息，这让你在人际关系上具有较大优势；你能够与人和谐相处，也能够获得大家的好评。

你待人温和的性格优势，为自己带来较好的人缘，无论是在生活还是工作中，总能在别人的帮助下，为自己带来意料之外的喜讯。

B.随机应变

你是一个具有较高警觉性的人，能够敏锐地捕捉到身边的变化，并且迅速地做出反应；凭借聪慧，你能够随机应变，给出最好的应对方式，从而在把握机会方面胜人一筹。

无论周围的环境多么复杂，你总能欣然投入其中，并且能快速适应；你出色的应变能力，让你获益匪浅，也能如愿获得多方面的成功。

C.理性冷静

理性的你，总能抓住生活中的细节，在分析问题的时候，能够入木三分；这方面的能力，让你能够精准地把握机遇，并且最大化利用时机，为自己带来好运。

虽然你的理性态度，会让你有一些冷冰冰的感觉，但是你内心不缺热情，总能用自己的能力给他人带来指引，从而帮助别人走出困境。

D.潇洒率真

你是一个保持乐活态度的人，即使生活亏欠了你，你也不会自甘堕落；你只会找准自己的定位，用乐观的心态自我鼓励，从而努力不止，最终迎来惊喜转变。

你率真的个性，使你能够与朋友们推心置腹，从而结识到真正的朋友；当然，你也能赢得贵人的欣赏，并且在其指点下，生活被幸福填满。

敬启

本书为正规出版物。在阅读过程中，若遇内容方面任何问题，请与我们联系，联系电话18501931246。若影响到您的阅读体验，我们深感抱歉！感谢您对本书的认真阅读。